微篇小说

时 代 记 录

尚书房

花儿为谁开

金光 著

南海出版公司
2020·海口

图书在版编目（CIP）数据

花儿为谁开 / 金光著 .-- 海口：南海出版公司，2020.8

ISBN 978-7-5442-8224-6

Ⅰ.①花… Ⅱ.①金… Ⅲ.①小小说—小说集—中国—当代 Ⅳ.① I247.82

中国版本图书馆 CIP 数据核字（2019）第 085318 号

HUA ER WEI SHUI KAI

花 儿 为 谁 开

作　　者　金　光
责任编辑　雷珊珊
装帧设计　马顾本
出版发行　南海出版公司　电话：（0898）66568511（出版）（0898）65350227（发行）
社　　址　海南省海口市海秀中路 51 号星华大厦五楼　邮编：570206
电子信箱　nhpublishing@163.com
经　　销　新华书店
印　　刷　北京军迪印刷有限责任公司
开　　本　787 毫米 ×1092 毫米　1/16
印　　张　15
字　　数　148 千
版　　次　2020 年 8 月第 1 版　2020 年 8 月第 1 次印刷
书　　号　ISBN 978-7-5442-8224-6
定　　价　69.80 元

目录

背沙人

新房盖了好几年一直没装修，朋友说夏天是装修的最佳时机，我便动了装修房子的心思。一问才知道，装修房子先要把地板造平，而造地板得买水泥买沙子。卖沙人帮我算了一下，一百六十平方米的房子，光沙得七方，水泥六十袋。天哪，这么多的东西让我怎么搬上去？卖沙人笑笑："只要肯出钱，有的是出力人。"我问他得多少钱，他说："四楼一吨沙子搬运费是四十块，水泥一袋一块，总计三百四十块。"我看面前那么一大堆的东西，说："行，运吧。"

卖沙人走出院子，向蹲在大门口的一位中年汉子招了下手，那汉子站起来三两步就跑到了我面前。卖沙人说："他算一个，我再出去叫几个。"那汉子一听，拉着卖沙人说："别，别叫别人了，我一个人包了吧。"我和卖沙人都愣了下：这么大一堆沙子一个人背到什么时候？我摇摇头："不行啊老兄，一个人干不完。"他上前拉着我的手乞求似的说："我等了四天了，没干一点活儿，你就让我一个人干吧，保证不误你的事。"我还是有点儿犹豫。卖沙人无奈地苦笑了一下："唉，他老实，别人背沙都是搭伙的，他老是一个人，老婆得了类风湿在医院住着……"我没等卖沙人把话说完，摆了下手："不说了，让他一个人干。"汉子感激万分，二话不说，就往拖拉机上装起来。

沙子很快运到了单元门口，我对背沙人说："你先背水泥，不用着急。"他说："我一定尽快背完，不行夜里加班背，不误你的事。"说话时，一袋水泥扛上了肩，一步两个台阶往上跑。我知道，扛着五十公斤的水泥爬楼是什么滋味，看着他急慌慌的样子，想说什么也没说出来。

下午单位领导打电话让我开会，我把钥匙留给背沙人交代说："我有事要走了，你慢慢背吧，沙子今天背不完明天再背。"他没说话，接了钥匙装进兜里，继续背着。

单位的会议结束得很晚，加上晚上想看一部连续剧，我也没再去新房那儿。第二天，我早早地来到新房，一进院就看到了背沙汉子疲惫的身影，面前的沙子只剩六七袋了，我有点儿纳闷，上前掏出一支烟递给他："歇一会儿，你起这么早呀。"汉子大口地喘着粗气，接烟的手抖动着，衣服完全被汗水浸透了，头上和脸上水泥的灰和汗水掺在一起，像一尊活动的雕塑。他没有表情，而是靠在防盗门上欲拿烟抽却没有足够的力气。

我点了火递上去，他却摆了下手："我，我抽不动了。"我一惊："你背了一夜？"他点点头。"吃饭了没有？"他无力地摇了摇头，打战的腿显然有点儿不听使唤，身子一歪，差一点儿倒下去。

我一把夺过他手中的烟扔在地上，也不嫌他脏："走，坐我摩托车上，先吃饭，吃完再说。"我把他带到一家早餐店，先倒了一杯水，要了一碗豆腐脑和四根油条，看着他狼吞虎咽地吃着。我说："剩下的你不用背了，一会儿我来背吧，我也是打农村出来的。"汉子一听，忙说："不不不，我背我背，没多少了，一会儿就完了。"我掏出三百五十元钱，交给他说："你的任务完成了，这是工钱，不用再去了，快去医院看看你老婆吧。"说完，不容商量，我起身离开了早餐店。

单元门口摆着六袋装好了的沙子，我扛起一袋就往楼上爬，爬到三楼时，两腿便像灌了铅一样沉重，到了四楼，浑身冒汗，气上不来了，恨不得把沙袋扔到门口。倒了沙，正愁剩下的沙子怎么背完时，背后传来了脚步声，一转身，看见背沙人已到了跟前，只见他站在沙堆旁，手一松，沙子顺着袋口倒了个干干净净。

我正要开口，他却先说话了："你别下去，我去背。"说完，一闪身出了门。不一会儿，他的身影又出现在了门口，肩上仍是一袋沙子。

干完了活儿，他找来一把扫帚，仔细地扫了楼梯和场地，这才走到我面前，掏出十元钱塞在我手上，说："我的工钱是三百四十块，你多给了，我不能要。谢谢你让我一个人包了这些活儿，你救了我的急，我得赶快去交这几天的住院费。”然后，他又一闪身，消失在楼梯上。

看着手中的钱，我心里泛出一种说不出的涩味儿……

美丽的晚霞

太阳离鸡鸣山尖已经不远了，西边天空中飘悠的片片白云突然像着火一样，变得红彤彤的，把山里的一切都映得火红起来。

他和她坐在小河边，手里不停地洗着萝卜，眼睛却望着天边的晚霞走神。

他说：“天上的晚霞真好看啊。”

她就附和着说：“真好看。”

他又说：“像很多很多的火把燃着了。”

她也说：“火烧得大着呢。”

他回头望望她：“你刚才说你曾经结过婚，也有过儿子的？”

她转过脸看了他一眼，把手中洗净的那个萝卜丢进筐里，说：“我结过婚，生过孩子，要不他现在三十八岁了，可怜的孩子，一生下来就饿死了。”

她的声音悲戚戚的，他听了很沉重。

他问：“你男人呢？”

她叹了一口气：“那个死鬼在出工修公路时放炮炸死了。”

他也叹了一口气。

晚霞逐渐扩大起来，使整个西边的天宇全部变得火红火红的。

她说：“明天是个大好天哩。”

他说：“就是呢，俗话说，早烧不出门，晚烧晒死人。这晚霞红了半个天，明天准是好天。你后来就没有再成家？”

她一愣，立刻又掩饰住自己的表情，说：“唉，当时没个好茬儿，后来啥也不想了，这一耽误就是二三十年，现在都六十多岁的人了……”

她说：“你呢？”

他也丢进筐里一个萝卜，慢吞吞地说：“我这辈子连女人的边儿也没沾上，你别笑话，前半辈子人家给介绍了好几个，都嫌我住的山高，不愿意，后来日子过得苦巴，也没再往那方面想。”

说完，他又叹了一口气。

她说：“听说你那山上缺水，你当初咋不搬下山？”

他说：“老辈子住下的地方，舍不得丢。年轻时也有力气，到山下背水，现在背不动了，他们就把我送到这敬老院里来了。”

他俩都苦笑了一下。

太阳已经接近鸡鸣山尖了，天宇间几块厚黑的云团飘到了山尖上，遮住了太阳。岂料太阳的光线像一把把锐利的钢剑，穿透了云团，霞光万道洒落在千山万壑之中。

一束霞光射到了他们的面前，使河水泛出粼粼的白光。

他问："你多大年纪了？"

她有点儿惊愕："六十三岁了。"

他说："你比我小两岁呢。"

她略显羞涩，低下头喃喃地说："当初要认识你多好啊。"

他眼睛一亮："现在也不晚呀。"

她默默地看了一眼晚霞，说："老了，心也死了，咱们都住敬老院了，还有啥子想法呢？"

他说："还有一二十年哩，咱不活他个八十岁！"

他从河里捞出装满萝卜的筐子。

她说："真谢谢你了，老帮我干活儿。你的心眼儿真好，那些女人没福气，要不你已儿孙成群了。"

他说："我愿意天天帮你，咱俩心里近，图个伴儿。"

她说："咱们这个大家庭真好。"

他说："大家庭里有个小家庭会更好的。"

她的脸突然红起来，像天空中的晚霞，犹犹豫豫地说："怕不合适，人家笑话哩。"

他轻声说："老了，怕谁笑话？那都是扯淡！"

他猛地拉住了她的手："谁让咱们现在才认识！"

她下意识地趔趄了一下，然后头一歪，靠在了他的肩膀上："我也想有个依靠，这人老了总觉得孤单……"

他说："咱们俩在一起，永远不会孤单了。"

晚霞火红火红的，连着鸡鸣山尖，像海豚在水中顶着一只大火球那样，简直是一幅美丽无比的图画。他俩依偎在一起，仰脸读着那幅画。

两个月后的一天，敬老院里响起了噼里啪啦的鞭炮声，一对老年夫妇在众人的祝福中拥进了自己的爱屋。

那天，乡上的领导们也来为两位老人道喜，并且还给他们送了一幅十分精美的鸳鸯刺绣。

山乡的五月

天刚蒙蒙亮，根西就听见父亲窸窸窣窣地起了床，他翻了个身又睡着了。这一觉他睡得特别香，醒来已经是上午十点了，他洗了把脸，就坐在屋檐下看书。母亲从灶房出来说：“根西，去窑场地叫你大回来吃饭。”根西放下手中的书，朝窑场地走去。

五月的山乡，到处都是金灿灿的颜色，田里熟透了的小麦散发出醉人的芳香。根西走在田埂上，看到了他童年时的影子。十八岁那年，在父亲的奔忙中他从这里走出去，上了市技校，毕业后就到市一家化工厂当了一名化验员。根西走着走着，禁不住随手掐了一颗麦穗在手中揉搓起来，然后展开手掌用嘴一吹，留下一把嫩嫩的青麦，放在嘴里嚼将起来。

父亲正弯着腰在那里割麦，他的身后，已倒下去大片的麦子，裸露的地面上摆着整齐的麦铺。父亲手上的镰刀飞舞着，弄得周围一片呼呼啦啦的声响。

“大，回家吃饭。”根西喊了一声。

父亲根本没有听见，仍然在飞舞着镰刀割麦子，白色的汗衫已变得昏黄且湿漉漉地贴在了他的脊背上。

“大，回去吃饭哩。”根西又叫了一声，嗓门儿比刚才高了些。

“啊，喔，饭熟了？”父亲终于醒悟过来，缓缓地立起身，用肩膀上的毛巾擦了一把脸上的汗水。

根西上前接下镰刀，父亲用极快的速度将两铺麦合在一起，扎了一捆就要往肩上扛。根西说：“我来拿吧。”

父亲说：“还是我扛，小心弄脏了衣服。”说完扛起麦捆就走。根西用手掸掉沾在衣服上的一根麦芒，拿着镰刀跟在父亲的后面。

饭桌上，根西犹豫了一下，还是开了口。他对父亲说：“大，我看不如把咱那几亩地让给别人种去。”

“为啥？”父亲有点儿吃惊。

根西木木地说：“不为啥，种田不划算，一年忙到头，一亩地就说打七百斤麦子，六毛钱一斤才四百二十块，抵不上在外干一个月的收入。”

父亲没有说话。

根西又说：“你把地包出去，我到我们厂里给你找个临时活，一月能开五百多块，行不？”

父亲这才说:“娃，大是庄稼汉，一辈子跟土坷垃打交道，习惯了没觉着受罪，我跟你妈在一起挺好，想家了你就回来看看我们。”

根西在家停了一周，父亲不让他沾庄稼活的边儿，他是眼看着父亲割了麦再脱粒，然后扬麦、晒场，一点点将麦子弄回家里的。临走时，他无可奈何地摇了摇头。

世上的事就这么不如意，两年后，根西所在的那家化工厂遇到了意想不到的困境：化工原料价格猛增，化工产品却销不出去，全厂一千多名职工几个月发不出工资。厂里实在支撑不住了，便痛下了改革的决心，决定减员增效，第一批减员百分之二十，根西首当其冲。

下岗了，根西好几天不吃不喝躺在床上，他毕竟已跳出农门了啊，现在怎么办?想来想去想不出个好法子来，根西只好爬起来狠狠地抽烟，但烟抽了一支又一支，还是没有好法子，根西就回到了家。父子俩静静地对坐着，良久，父亲终于开口了:“娃，土地是人的根啊，不行咱回来，只要有地就饿不死!”

根西掐灭了手中的烟，无奈地点了点头。

根西上地了，起初，那双原本细嫩的手打出了许多血泡，他咬牙挺了过来。一年时间，他重新跟着父亲学会了种麦子、种玉米、种大豆、种各种蔬菜，根西成了种庄稼的好把式。

第二年，根西和父亲商量，说要种地就要种出个名堂来，小打小闹不行。父亲赞许地点了点头。根西就承包了村里的六十亩红土坡地，雇了两个帮手在上面栽上烟苗，一天到晚忙碌起来。秋后，除了交清承包费、付清雇工的工资外，净赚两万元。根西成了当地有名的种田大户，当上了县里的劳动模范。

又是五月，山乡的小麦一片金黄，根西家的窑场地里，一条大汉正挥舞着镰刀在割麦，身后的空地上，码放着一排排整齐的麦铺。上午十点多，根西父亲来到地头，喊："娃，回去吃饭。"

根西仍然弯着腰在那里割麦，他根本没听见父亲在叫他。

"娃，回去吃饭了。"这下，父亲的声音提高了一些。

"啊，喔，饭熟了？"根西这才醒悟过来，缓缓地立起身，用肩膀上的毛巾擦了一把脸上的汗水。

父亲上前接下镰刀，用极快的速度将两铺麦合在一起，扎了一捆就要往肩上扛。根西抢过说："我来拿。"然后手一提将麦捆放在了肩膀上。

五月的田埂上，走着一老一小两个庄稼汉。

新年的康乃馨

说实在的，这样的天气她坐在这儿很委屈。可委屈有什么用啊，生活就是这样艰辛，只有这样坐着，每天看着一个个人从车站走出来，站在她面前拨打电话，然后付费，她才能有收入。

她只有十七岁，这个年龄应该上高中，可不行，她得坐守这个讨厌的电话亭。自从她爸爸出了车祸，她守在这儿已经三年多了。她想，她还得继续守下去。守到什么时候，鬼知道。

现在是除夕夜，远处早已有爆竹在响了，透过铁皮房的窗口往外望去，能看到天空中不时升起的烟花。铁皮房里冷极了，她冻得瑟瑟发抖，不停地两手搓着，哈着气温暖有点儿僵硬的双手，但这几乎没什么作用。

她的世界就是这两个平方米，一天到晚看着人来人往，每张面孔她都陌生，偶尔会有一个人在她面前停留一下，拿起放在窗口的电话拨打，然后问多少钱，她就看看计价器上显示的时间，说出准确的价格。对面的人匆匆付账，没有人多看她一眼。

母亲下岗了，弟弟要上学。母亲就把她爸爸生前经营的电话亭交给了她，自己到菜市场上去卖菜度日月。在这儿，没有人肯向她说一句多余的话。她还兼营着一些畅销杂志，没事的时候总爱低着头翻看。她从来都是轻轻地仔细翻动着，生怕把杂志翻旧了卖不出去。杂志看起来很新，可哪一个角落都有她的目光。但这会儿和往常可不一样，她异常孤单，听着远处不时响起的爆竹声，她多想锁了铁皮房回家啊。可她不能，后面每隔半小时就有一趟向东或向西的火车经过，说不定会有一些下车的人要来打电话，她得这样待着，直到最后一趟车驶过。

一对恋人从她面前走过，那女的一袭长发，紧紧地依偎在男的胸前，留下长长的影子慢慢地晃动着。她起先看的是那对恋人，等他们从她的窗口走过，她便盯着那影子看，直到影子完全从她的视线里消失。她又转回目光，搓着手，看远处不时升腾起的烟花。

电话响了，是妈妈打来的。电话里传来《春节联欢晚会》主持人倪萍的声音："朋友们，再过五分钟，新年的钟声就要敲响了，让我们期待这一美好的时刻吧！"电话里，妈妈说的什么她一点儿也没听到。

“你好，打一个电话好吗？”突然，一张微笑的脸出现在窗口，是一个穿着大衣的小伙子。她一愣神，立刻笑着点了点头。她想，今天是除夕夜，很多人从外地匆匆向家里赶。她故意把脸侧向一边，不去听他的声音。

电话很快打完了，小伙子放下电话，依然微笑着看她："冷吗？”

“不冷。”她也笑笑，望着那张笑脸。

“我不信，肯定冷。”他调皮地说着，然后掏出钱包，拿出一张百元纸币递给了她。

“对……对不起，找不开。”她的确没有那么多的零钱找给他，她有点儿抱歉。

小伙子头一抬，指着她身后的杂志说：“那我买你一本杂志吧，这样总能找开了。”

“那也找不开。”

小伙子有点儿为难了，踌躇了一会儿，毫无办法。

她说：“你走吧，不收你钱了。”

小伙子不好意思了：“那怎么行啊？”

“咋不行，你快回家吧，家里人等着你呢。”

小伙子沉默了一会儿，只好向她点了点头，离开了。

她重新把计价器归了零，正要抬头眺望远处的烟花时，忽然看见刚才年轻人递过来的那张百元钞票躺在电话机旁边。她一愣，立刻拿起钱，门一关追了出去。幸好，小伙子还没有走远，她一喊，他停了下来。

“钱忘记拿了！”她走上前递给了他。

“你为什么要这样做？”小伙子接过钱，反复在双手中递换着。“不为什么，这是你的钱呀。”她淡淡地笑了笑，转身离开了。小伙子在原地站了一会儿，消失在车站广场……

早晨，阳光洒满了车站广场。她在爆竹声中醒来，这才意识到是新年了。她打开那扇冰冷的铁皮门，向外张望，忽然愣在了那儿：门前站着一个快递员，正要举手敲她的铁皮门。那人手里捧着一束正在怒放的康乃馨，递给她，然后拿出一张签单让她签字。她懵懂地签了字，快递员转身就走。她喊住了快递员：“谁送的？”快递员指着花说：“他没留名字。”她便去看那束花，发现花丛中有一张小卡片：“但愿新年花盛开。”落款是“昨夜归人”。她的头“嗡”的一声，眼泪突然顺脸而下。

这是她真正的新年，有人知道了她的存在。

这时，一位老者走过来，拿起电话。打完了，问道：“姑娘，多少钱？”

“免费，”她高兴地回答，“今天是新年。”说完，看了一眼面前的老人，咯咯咯地笑了起来。

也许你能当县长

正读高二的强子扛着行李回到了村里，走到村头碰上了正在田里薅谷苗的三德。三德这时也正好直起腰做歇息状，一抬头看见强子，就叫了一声："强子，你过来。"

强子走过去时，蔫蔫的，低头不语。三德问："不是在读书吗？今天不是星期天，也不是放假日，咋回来了？"

强子不敢正眼看三德，而是瞧着自己的脚尖，怯怯地说："我不上学了，退了。"

三德一惊就站了起来："咋回事，好好的为啥要退学？"

强子说："我欠了学校两个学期的学费没交了，老师不给我发书，还光批评我。没办法，我就回来了。"

三德打量了一下强子："两个学期的学费是多少呀，他们就不给你发书？"

“一百多块呢，我妈……”强子说到这儿把话咽下了。

三德在强子的肩头上拍了一下，说：“你娃聪明，将来也许能当县长哩，不上学咋中？”随即从袋里掏了两百块钱递给强子，“这是德叔昨天卖猪的钱，你拿去先把学费交了，再好好读书。”

强子不接，三德就剜了他一眼：“听话，现在就回学校去！”

强子半天说不出来话，突然“咚”的一声跪在了三德的跟前：“德叔，我咋谢你哩？”

三德忙拉起他，拍拍他腿上的灰土说：“现在不说，等你学上成了有出息了再说。”

强子收起了钱，就又上学了。

重新上学的强子想，德叔平时很吝啬的，能拿钱让自己读书可是个稀罕事儿。再说，他说也许自己能当县长呢，就冲着这句话也要好好读书。强子就咬着牙啃知识，高二结束，他考了全班的第二名。高三时，强子每天早早地起来读书，课堂上细细地听讲，毕业考试又考了全年级的前十名。学校把强子当尖子生培养，让他参加高考，强子就很争气，果然考上了首都一所重点大学。

强子考上了重点大学，没钱。县领导一听强子的情况，当即拍板由县里扶持，于是强子的学费就被县里包了。

强子大学毕业，被分配到了市委组织部工作。强子为人忠厚老实，材料写得有灵气，深得部长偏爱。六年之后，强子从科员干到组织科副科长、科长。那年市里选拔年轻干部，强子参加笔试、面试，一下就提到了市团委当了书记。

当了市团委书记的强子就想起了德叔的话，也就想起德叔的人来了。那是个双休日，强子驱车回到村里，走进了三德的家门。一进门，强子叫了声："德叔！"然后"咚"的一声就给三德跪了下来。满脸皱纹的三德受宠若惊，忙扶起强子说："强子呀，你当了官了，不兴下跪。"

强子一脸的歉意，说："德叔呀，你咋老不去找我呢，我还没有报答你呀。"

三德笑了笑，淡淡地说："我一辈子跟土坷垃打交道，不缺吃不缺喝的，要报答个啥哟。"

强子说："你当初不是说等我出息了再报答你吗？"

三德又笑了："傻孩子，那是鼓动你好好读书呢。"

强子也笑了，笑得一脸灿烂："可我还没有当上县长。"

三德就伸出长满老茧的手在强子的肩头上拍了一下："那也是骗你娃上进的哟。"

两个人说着说着都哈哈大笑起来。

不久，市里调整干部，强子就被调到水头县当了县长。强子上任的第一天就把县教育局局长叫来，问县里现在有多少孩子上不起学。教育局局长就翻开本子回答说，有三百二十六名。强子让他把这些孩子叫来开个会。

会上，强子当场捐了一千元，开会的副县长、局长们也纷纷往捐款箱里放钱。捐完钱强子宣布：县财政一年拿出十万元资助贫困学生读书。末了，强子还站在主席台上说：“我看你们这些孩子都很聪明，将来也许都能当上县长哩！”

这话说完，台下就响起了一阵热烈的掌声。

一碗羊肉汤

就在县里准备树立脱贫致富的典型时，长岭乡建起了一个大牧场。刘乡长说，这个大牧场完全采用孟加拉国式的养殖办法，从新疆、内蒙古和西藏各地购进优质绵羊两千只。虽然乡里在农发行贷了一百万元的款，但望着潮水般的羊群，大家心里很踏实：这钱不出两年就可赚回来。

县委张书记到牧场察看，拍着刘乡长的肩膀说："不错不错，因地制宜，这才是真正的脱贫项目。"回到县城，张书记当即打电话召集开会，谈了到长岭乡察看天然牧场的感受，他要求从县委班子开始，轮流到长岭乡牧场去参观。

县委办的同志不敢怠慢，连夜排出参观者的顺序：从六月八日起，当天是县常委班子成员，九日是县政府领导，十日扶贫办，十一日县委办，十二日县委组织部……一直排到了第二年的三月十九日，把县直各单位、各乡镇、村组都排上了，要求所有参观单位认真了解长岭乡的经验，学习他们敢想敢干的工作思路，结合实际提出自己乡、村的脱贫办法，力争在两年之内摘掉全国贫困县的帽子。

接到县委办的通知，刘乡长说："这次县里对长岭乡牧场如此重视，要把长岭乡树为脱贫致富的典型，我们一定不辜负上级的期望，一要把牧场建设得更好，二要搞好接待工作，给参观者留下深刻的印象。"乡政府办的同志冷不丁地提出一个问题：一天要接待二十多个人，生活咋安排？这一下难住了刘乡长，牧场远在离乡政府二十多公里的荒山上，参观的人在乡里吃饭不合适，到山上又没有好东西招待，怎么办？刘乡长忽然闪出一个念头。他说："我说个办法，人家领导来参观牧场，这牧场就是养羊，咱们这里啥都缺就是不缺羊，明天领导们来，我们在山上垒两口大铁锅，拣两只大肥羊宰杀，在山上熬两锅羊肉汤，经济又实惠。"大伙一听，不禁拍手叫绝。第二天县委的小车一字排开，足足二十多辆停在了离长岭牧场五六里的山下路旁，领导们一路风尘来到牧场，看到荒岭上建成如此规模的牧场，无不咋舌称赞。中午十二点，每人一大碗鲜羊肉汤配上两个脆香的烧饼，更让领导们赞不绝口。县委张书记端着羊肉汤喝了一口说："香，这比吃几百几千块的宴席有滋味多了，你们勤俭节约的精神更值得发扬。"张书记号召，今后无论谁来牧场参观，都只准喝羊肉汤，不准吃酒宴。

第一批来了，第二批来了，一批又一批的参观者都对长岭乡牧场特别是那碗羊肉汤留下了很深的印象。

转眼到了第二年的春天，市扶贫办的领导得知长岭牧场的事，决定到牧场看看。这下可慌了刘乡长，他打电话与县委张书记商量了好长时间，询问接待的事宜，张书记最后在电话中毫不犹豫地指示：仍然用羊肉汤招待。

市领导来了，转圈看了看牧场后表示满意，就是不见大羊群，便问："羊呢？"刘乡长心慌慌的，说："正在联系贷款购买。现在资金是个大问题，希望市里能给扶持点。"中午他们端起羊肉汤时，一位老领导提了个问题："这羊肉是从山下买的，还是在山上杀的？"刘乡长忙回话："这是咱牧场的羊，现宰现熬，鲜得很，鲜得很！"这位领导盯着碗里的羊肉和漂在汤里厚厚的一层油，皱起眉头问："一天能宰几只？"刘乡长忙竖起两根手指："两只，两只！"领导没有再说话，放下羊肉汤就走了。

刘乡长等着市扶贫办的答复，但眼看牧场的优质绵羊宰完了，还不见上面的精神。于是他沉不住气了，去找县委张书记。张书记正在低头看一份《内参》，一行醒目的标题在张书记和刘乡长眼前晃着："参观者一年吃掉一个牧场"。张书记沮丧地说："刚才市里来了电话……牧场暂时关闭。"

花儿为谁开

夕阳西下，市郊的林荫小道上，留下一幅会动的剪影：丈夫推着一辆助力车，妻子安静地坐在车上，呆滞的目光望着远处，女儿娇娇伸出一只胳膊，轻轻地推动着车子，一家三口慢悠悠地走着。

“娟，你看，那树梢上的鸟儿多漂亮。”丈夫停下了脚步，把头低下，在妻子的耳边轻轻地说了一声，然后用手指着身边的一棵白杨树。树顶上，一只头上长着红色羽冠的鸟正在枝头歌唱。

妻子迟钝地抬起头，歪了一下眼睛，痴痴地看了一眼丈夫，用呆滞的目光搜寻树上的活物。

“喏，在那儿。你看，它又跳到那一根树枝上了。”丈夫的手指不断地在妻子的脸前晃动着，以引导她的视线。

六岁的娇娇从路边捡了一片黄得发亮的树叶，在手里摩挲了几下，调皮地跑到妈妈跟前，故意拿树叶在妈妈的脸上来回蹭着，逗她说："妈妈，鸟儿在这儿呢，就在我手上，你没看到吗？"

丈夫瞪了娇娇一眼，娇娇立刻听话地收了树叶，轻手轻脚地跟在他们的后面……

三年了，几乎每天下午他们都要在这条道上来来回回地走两圈。医生说，外面一些熟悉的环境如果重复再现，对患者大脑的恢复很有帮助。于是，他们就在这条最为熟悉的小道上走了三年。

小道还是那条小道，只是树木长得更加粗壮、更加茂盛了。八年前丈夫和妻子是在这儿见的第一次面，那时候，他们还是毛头小伙子和害羞的姑娘。他们是一个公司的，相互都很熟悉，只是她在机关上班，他在车间里当机电工。那次是她的父亲因脑出血突然去世，火化那天公司的人大部分都去了，他也去了。回来的时候，途经这条小道时，他看到她独自一人偷偷地哭泣，便停下摩托车，轻轻地在她的肩上拍了拍，以示安慰。她看见是他，眼泪立刻唰唰地从脸上落下……当第二次到这儿的时候，他们就成了一对恋人，他们也像今天一样慢慢地走动着，说着，笑着，很开心。她问过他："我们能守一辈子吗？"他憨厚地笑了："怎么不能，谁愿意过半路夫妻？"她脸红了，觉得自己的话有点儿多余。他是好人，是公司的劳模，曾经在公园里下水救过儿童，还被戴了大红花。她相信他。

一阵轻风吹来，妻子的头发飞了起来，在空中飘动着。丈夫伸手在她的头上梳理了一下，那绺头发便重新回到了队伍之中。树梢上的鸟也在追逐着他们，从身后的那棵树上，跳跃到了他们面前的树上。

妻子到底没能看见那只漂亮的鸟，但她听见了丈夫的介绍：“花色的羽毛，尖尖的嘴巴，头顶上长着一朵红红的冠。”

妻子是在两年前的一次车祸中失去记忆的。那一天，她去幼儿园接娇娇，天下着小雪，路面很滑，当她骑车快到市实验幼儿园门口时，突然过来了一辆车，在她慌忙捏闸的一瞬间，车祸发生了。她住了三个多月的医院，之后变成了痴痴呆呆的人，几乎每天就由丈夫推着助力车在这条道上慢悠悠地走着，以期能使她回到现实的生活中来。

丈夫下岗了，自己买了辆小面包车跑出租。每天早上他五点钟准时起床，做好饭，先把娇娇送进学校，再回来喂妻子吃饭，这才开着车上街跑出租。到了快中午的时候，生意再好，他也得赶回家，把饭做好，接了娇娇，吃午饭。只是到晚上的时候，他才能腾出时间，和妻子、娇娇一起，在这条林荫小道上来回走走。

有人对丈夫说：“她成废人了，你还那么伺候着，不如离了算了。”丈夫没有说话，而是在妻子耳边说着乖乖话。

还有人说：“这社会，有钱人包二奶，你干脆再找一个，像电影《春桃》里的那样……”丈夫没听完，就烦躁地离开了。

每天，丈夫依然如故地来这儿散步、走动，生活像铁打的一样。

夕阳把他们的剪影拉得更长了，丈夫开始推着助力车往回走，娇娇依然调皮地跟在他们的身后。这时，丈夫看到路边一棵蒲公英开出一朵黄色的小花，那花像一朵小伞撑向天空。于是他停下来，指着花对妻子说：“娟，你看，多漂亮的花儿呀，它是专为你开的。”

妻子的脸抽搐了一下。

“不，”身边的娇娇突然说话了，“它是为爸爸开的。”话音未落，娇娇就跑过去，掐了花朵，递给了爸爸。

丈夫一愣，轻轻地闭了下眼睛，似乎有些浑浊的东西要从脸上掉下来，但他一吸鼻翼，又将它送回去了。然后，爱抚地在娇娇的头上摸了一把，把那朵金黄的小伞别在了妻子的头发上。

有事请找程双平

程双平是谁？看到好几条乡村标语广告，我的第一个反应便是想知道这个人。

本来我是下乡采访乡镇农田水利建设的。县委宣传部的同志告诉我官阳乡利用上面拨付的以工代赈款，组织千名劳力在官阳河上奋战了两个月，筑起了两道长达一千三百米的护河坝，于是我们决定去看看。不料，刚进入官阳乡，就在一户人家的后墙上看到了一条醒目的标语广告："有事请找程双平。"标语下，还附有一个电话号码。再往前走，乡村公路沿线，又出现了很多同样的标语广告，我问宣传部的同志，他们也不清楚，一向好奇的我便来了采访兴趣。

我们在一户人家门前停下，走进农家小院，女人正抱着孩子坐在檐下拣豆子。我打了个招呼后，指着院外的墙问道："那墙上写的程双平你认识吗？"她慌忙站起来让座，笑着说："咋不认识，全乡的人都认识程双平哩。”

“他是干啥的，咋有这么大名声？”我掏出采访本。

女人一看我要记录什么，话稠了很多：“他是咱乡里的司法调解员，谁家为宅基地纠纷、为口舌闹架，他都管。他是个好人。”

我问她：“你能说具体点吗？”

“咋不能，”她指着门前一户人家的房子说，“今年春上我小叔子两口子为种地的事儿闹翻了，打了一架要离婚，程双平还到家里来了两回，说，‘你们为种好地的愿望好啊，都想多收入，闹岔了不要紧，不能为这些芝麻大的小事坏了光景不是？’然后把小两口分别叫到门前的树下谈心，后来他们就又和好了。”

又走了一会儿，我看见一个老汉正在引水浇麦子，就让停下车。我上前问道：“大伯，你认识程双平吗？”老人拄着铁锨，微笑着回答道：“谁不认识呢，他可是咱乡里的名人哩。”

“他咋是名人？”我故意引他的话。

老汉说：“乡里谁不遇上一点儿大小矛盾，到了他那儿都和和美美地给解决了，所以咱这里的人都离不开他。你说，他不是名人是啥？”

“他给你调解过矛盾没有？”

“可调解过哩，去年秋天前院的狗子拉木材把我的梨树压死了，让他赔他不赔，我就打电话找老程。他来了，给狗子说了好多话，他就是不赔，老程急了，说，‘你不赔我掏钱给人家赔。’狗子一听也急了，说，‘又不是你压死了树，哪能让你赔，我赔还不中吗？’就赔了我一百八十块钱。”

老汉说完，还补充了一句：“老程还怕狗子赔钱不高兴，就把我们叫到一起喝了两杯，啥事儿也没有啦。”

快到乡政府时，看见一家小饭馆前有人说话，走过去听明白了：“老程不在，去碾道村了，我得等他。”说话的是一个中年妇女，她说她家的牛吃了别人家的麦苗，被人家牵走不给，她要找程双平讲理，让他去帮助要牛。

我上前问她：“你见过程双平吗？”

中年女人说：“可见过，他常去我们村里。”

“那你坐我的车，咱们一起去碾道村找他吧。”我提议。

中年妇女看看我，点了点头，上了车。

车上，中年妇女给我讲了好多程双平公平调解邻里、家务矛盾的事，话语中带着一种无限的信任。立刻，程双平在我心中的高大形象显现了出来，找到这位口碑极佳的乡村调解员，成了我的当务之急。

我们翻过一道叫上马庄的高岭，穿过一条叫红椿沟的深沟，终于来到了碾道村。我正要停车询问程双平的下落，车上的中年妇女眼睛一亮，指着前面麦地里的几个人说：“那不是程双平吗，他正在给人说理哩。”

远远望去，我看见一个五十多岁的矮个儿男人正站在几个青年人中间，耐心地给他们劝导着什么，旁边还停着一辆陈旧的自行车……

父　亲

儿子已经是第三次催促父亲进城了，父亲站在地头望着田里的麦苗说："把这一茬麦子收了就走。"儿子说："这一次可是真的了，麦子收完咱就到城里住。"父亲没说什么，只点了点头。

父亲就这么一个儿子，上了大学留在城里工作了。一切都没有让他操心，儿子工作三年，找了个城里的俊姑娘结了婚，到了第七年头上又给他添了一个孙女，还分上了一套房子，儿子像生活在天堂里。

儿子生活好了，就想报答父亲。娘死得早，是父亲把他拉扯大的，又供他上了大学。父亲已是七十有二的人了，劳作了一辈子，可整日还是离不开那块责任田。一年四季耕了耙、种了收，总没有到头的日子。儿子心疼父亲，要接父亲到城里来住。小两口商量好了，单位集资建房，他们专门报了一百六十平方米的一个大套，说是父亲在乡下宽敞惯了，不能让他到了城里有压抑感。可回家两次和父亲商量，他就是不愿离开，总说还能干得了，不需要他们操心，等干不了活了就跟他们到城里享清福。儿子没招儿，只好由着父亲。近段时间，父亲的身体突然急转直下，先是两腿肿胀，后来血压也一个劲儿地往上蹿。儿子想，这回可不能再由着他了，说啥得让他来城里住。儿子回去接父亲的时候，父亲已从乡卫生院回到了家。他说："人老了毛病多，也没什么大病，吃点药就好了。"

儿子在家里缠磨了两天，父亲还是那句话：把这茬麦子收完就走。儿子只好先回了城，临走的时候，他看着脸色蜡黄的父亲说："爸，今年收麦子我也回来帮你。"父亲说："你有你的工作，我能干得了，不要因为这些麦子影响了你的工作。"儿子坚持说："也就几天时间，没事儿的。"

儿子说话算话，麦梢一发黄他就出现在父亲的地头。这时候，父亲仍旧站在那儿望着田里黄灿灿的麦子。见儿子回来了，父亲的眼里露出灿烂的笑，一会儿那表情又凝重起来。儿子看出了父亲的心思，说："这几天我们什么也不说，只管收麦子，成吗？"父亲没有回答他，而是顺手掐了一穗麦子，递到儿子的面前说："你看，今年雨水好，这麦子长得粒儿多大！"儿子接过那麦穗看了看说："下镰刀吧？"父亲说："别急，让我再看看。"说着，就走进田里，顺着麦行像小孩似的来回走着，眼里透着晶莹的光，走了一会儿，又站在田头掏出一支烟慢慢地抽起来。抽完了，父亲就把那烟蒂狠狠地在地上一摁，再用脚踩了两下，果断地说："开镰！"话音未落，把一把沉甸甸的麦子往怀里一捋，就下了镰。

儿子跟在父亲后面，弯腰辛苦地割着麦子，不时在脸上抹着汗水。歇息的时候，儿子征求意见："爸，你年纪大了，我去镇上雇两个人吧？"父亲的脸一怒："雇人做什么？就是收到明年我也愿意！"儿子不敢吭声了，默默地坐了一会儿，又拿起镰刀割起来。

这几天，天气也特别好，四亩麦子父子俩用三天时间割完了，然后他们把麦子一捆捆运到了麦场上脱粒。父亲干得很慢，儿子有点儿纳闷：记得往年麦收的时候父亲总嫌收得慢，吆喝说，抢收抢收，就得和天气抢着收！今年却一反常态，不知为什么。

新麦子脱了粒，父亲精细地用筛子筛去灰土，又摊场上晒了两个日头，这才装进一个个蛇皮袋里让儿子往家里扛。只半晌时间，旧屋的地上，就垛起了小山一样的新麦子。立刻，满屋就有了新麦子散发出来的香味。

父亲坐在屋檐下，点起一支烟，眯着眼睛欣赏着那座小山。

晚饭吃得很晚，父子俩一起吃着唠着。父亲说："明早你去找个卡车把麦子拉到城里。"儿子说："好的，明日一早我就去。"父亲说："这房子没人住就锁起来，什么时间想家了就回来看看，住几天。”儿子说：“好的，房子就锁起来。”父亲看没什么交代了，就催儿子睡觉，自己也进屋睡了。

第二天早晨，儿子起得很早。他没敢惊动熟睡的父亲，而是到乡里雇了辆卡车，准备把新收的麦子装上车，和父亲一起进城。车装好了，却不见父亲起来，就到父亲的屋里叫他。

儿子走进父亲的屋里叫了几声没人应，就去摇父亲，一摇，吃了一惊：父亲不知什么时候已经去世了。儿子两腿一软，跪在了父亲的床前，撕心裂肺地叫了一声：

“爸——”

学伴儿

新学期开学的第二天，母亲与父亲商量让我去读书。父亲沉默了片刻犹豫说："一个不满七岁的小孩儿跑十来里路，怕不中吧？"那时候，母亲正坐在檐下捶小豆，她狠狠地捶着面前的豆角说："咱住这后山沟里能有啥办法？咱们是文盲，再不让孩子上学，他还是个文盲，这一代一代都是文盲，哪是个头啊！"父亲没吭声，目光随着母亲手上的棒槌一上一下，那沉闷的声音敲在他的心上。

母亲终于停下了手中的活计，抬起头看着在一边玩耍的我，说："我背着他。"

第二天一早，酣梦中的我就被母亲哄了起来，她给我换上了一身新衣服，背着我出了门。

我们住的地方叫石板沟。听母亲说，打我出生到现在，我出过两次沟，一次是去外婆家，一次是发高烧被父亲背着到村部打针。这条二十多里的窄条沟，前半沟尽是光石板，到了后半沟才有树木和坡地。我们村的小学和初中，就在沟口的村部，离我家足有十五里山路。母亲背着我到学校时，有很多小孩也来报名，母亲给我报了名并领了课本后，坐在课堂后面的墙角陪我上课。那会儿，我既喜欢老师讲课，又怕母亲离开我，不时扭头看后面的母亲。开始她总是对我点头微笑，后来就靠在墙上睡着了。

上学的第一天，我不记得自己是如何度过的，只知道后晌老师宣布放学时，母亲又把我背了回来。也就是从那天开始，母亲成了我的学伴儿，早上背着我上学，后晌再背着我返回，那一去一回的十五里羊肠山道就成了我们母子的连心路。

冬天的天亮得晚，四点半我就被母亲叫起来，穿上厚厚的棉衣，趴在她的背上一直睡到学校。无论刮风下雪，我都会在六点二十分之前到达学校的操场，站在早操的队列中。母亲说，她常听到我在她的背上说梦话，她也跟我的梦话对话。有一次，她这样和我对话：

“三六一十八，是三个八，还是八个三？”

“咱们一会儿就到学校了，到课堂上，你好好问问老师。”

“我怕老师拧我耳朵。”

“咱不捣乱，好好听课，好好回答问题，好好做作业，她就不拧你耳朵了。”

“范小路老夺我铅笔。”

“乖，你跟他说，铅笔是做作业用的，让他和你做好朋友，明天妈给他带好吃的。”

……

有一天早上，我正和母亲在梦中对话，突然重重地摔在地上，睁眼一看，母亲在石板上滑倒了，雪地里，传来她痛苦的呻吟。我摸黑拉着母亲，感觉她手上黏糊糊的。正要说话，她翻身站了起来，又背起我一拐一拐地往学校走去。中午放学我才知道，母亲在雪地里滑的那一跤，被石刀子割裂了腿，在村卫生所缝了八针。

上三年级的时候，我不再让母亲背了，而是与她手拉手步行。遇到难走的路，我还可以帮助母亲。母亲笑着说：“你长大了，明年，我就可以背着你妹妹上学了。”我说：“不，等妹妹能上学的时候，我背她。”母亲就在我的头上轻轻地拍了一下，说：“好。”

我在班里的学习成绩一直是第一，老师问我为什么学习成绩这么好，我想了一会儿说：“我妈每天陪我上学，我是两个人在学习，而他们是一个人学习。”老师笑了，把我的话反馈给母亲，母亲也笑了。

在我的记忆中，我和母亲有一个斗狼的场景。也是个雪天，我和母亲手拉手正摸黑前行，突然看到前面不远处的石堆上蹲着一只红毛狼。在我们伏牛山里，常有红毛狼的行踪。红毛狼个头不大，但结队成群而行，或三五只，或七八只，它们常利用前后夹击袭击家畜。我眼尖，一见红毛狼就叫了一声，本能地往母亲身边退去。母亲冷静地说：“肯定背后还有，咱们不要乱动，用这个扎子准备着，扎住一只，别的就跑了。”

母亲送我上学，手中总拿一根木棍，一头套着铁锥子，一来拄着可以防滑，二来夏天见蛇、冬天遇到狼了可以防身，不想这会儿真的派上了用场。前面的那只狼一动不动地盯着我们，后面两只试探着攻击我们，母亲端着手中的扎子对着它们。就这样，我们从早上五点对峙到七点多，三只红毛狼看无法近身，这才夹着尾巴顺着山梁走掉了。

看着狼逃离，母亲的手抖动着，继而扔了扎子，抱着我哭了起来。

那是我唯一一次迟到，不但没有受到老师批评，上语文课的时候，老师还让我写了一篇斗狼的作文。

在母亲的陪伴下，我在村部上完了小学后，正赶上乡村学校合并，初中撤到了乡里，可以住宿。我就在每周日下午被母亲送到学校，第二个周五的下午，再被她接回来，不再为每天跑几十里的石板小道而劳顿了。

二十年后的今天，我成了一名测量工程师。跟人闲聊时，别人都在诉说自己上学如何如何艰辛，我却说，我上学的时候，艰辛的不是我，而是我的母亲。

乡　长

乡长带着泥腿从乡下刚回到乡政府，就听到办公室有人在吵着找他。他赶快回到自己的房间里脱下沾满了泥的解放鞋，换了双干净皮鞋往办公室里去。一出门就又听到了政府办里的嘈杂对话声。

“我不是说了吗，乡长今天到村里检查工作了。”说话的是政府办秘书小刘。

“那我就在这儿等，我知道乡长不想见我，我不信，新社会还能让人饿死！”乡长听明白了，是麦地村的二懒。

这二懒，春上乡长刚调到乡里时，他就来吵着说没吃的了，要救济，乡长说都啥年代了，还让人饿肚子，一挥手批给他两袋面粉。夏天，乡长正准备下村看水利设施，他又站在街头说没得吃了，乡长急着办事，就喊来民政所所长，吩咐给他解决两袋面粉。所长想说什么，可乡长有急事，也没听就上车走了。今天他又到乡政府要粮来了，乡长走进办公室时皱了下眉头。

“乡长，你回来了，你看，这人又来了。”刘秘书看乡长进来了，忙站起身向他汇报。

“乡长，我没得吃了，全家人要饿死了，怎么办呀？”二懒也站起身可怜兮兮地说。

乡长抬了抬双臂，示意他们都坐下，然后对二懒说：“不会让你饿着的，我们一定想办法解决你的温饱问题，不过现在我很忙，下午我亲自去你那儿解决，你看怎么样？”

二懒脖子一梗：“我这会儿就没得吃了，咋办？”

乡长顺手从上衣口袋里掏出十元钱：“你先去街上喝碗羊肉汤吧。”说完，乡长走了。

下午，乡长来到了麦地村，他没有到二懒家，而是先到了村支书家。村支书一听乡长是来解决二懒困难的，亲切地在乡长的背上拍了一巴掌：“乡长，你上当了！”乡长没有吭气，点了支烟，慢吞吞地问：“怎么说？”

村支书说：“这个二懒是个懒汉，好吃懒做的，一家四口人年年靠乡里、村里照顾过日子，他还卖赖说政府偏心眼儿，让周围的人都致富了，偏偏漏了他。前几任乡长都了解情况，任他怎么到乡里闹也不理他，现在他是看你新来的又面软，吃一次便宜就上了瘾，来第二次第三次……”

乡长没有说话，抽完了那支烟后对村支书说：“你引我去看看。”

村支书把乡长引到二懒的责任田头，指着田地说：“你看，二懒种地不下力气，面上种得好，锄得净，可地中间连犁都不犁，也不去锄，草比庄稼长得深。”

乡长说：“再给他解决两袋面粉，其他的事以后再说。”

村支书不解，为难地说：“还要解决呀？”

乡长说：“就这么办吧。”

秋天，乡长来到了二懒家。乡长说：“二懒，人家都腾茬种麦子了，你咋还不动呢？”二懒挠挠头：“早哩，慌什么呀。”乡长说：“我这会儿有空，走，咱们一起上地拔玉米秆。”二懒又挠挠头：“我身上不舒服，过一天再干吧。”乡长说：“过一天我就没空了，把你媳妇也叫上，一块儿干吧。”二懒就磨蹭了一会儿，喊上媳妇跟着乡长来到了责任田干活。

今天乡长穿着解放鞋，换了一身旧衣服。二懒问：“乡长，你在哪儿借来的旧衣服？”乡长说：“我自己的呀，我原来也和你一样，在村上当农民哩。”二懒就不再问了，三个人呼呼啦啦地拔着玉米秆。临近中午，两亩多地的玉米秆全拔完了，乡长回乡里吃饭时撂下一句话：“后晌我们犁地。”

后晌，二懒的午觉还没有睡醒，乡长就扛着一袋化肥来了。乡长叫起二懒两口子，二话不说带上犁耙绳索就往地里走。二懒拉住他说：“我说乡长，我还以为你从乡里给我带来了拖拉机呢，你空手来了，这没有牛咋犁？”乡长用手指点了一下二懒的脑门儿，说："一点儿力都不想出还想过好日子？"

到了地头，乡长飞快地撒完了化肥，就套上了犁，吩咐二懒媳妇掌犁，他和二懒两人一人一根绳子拉犁。二懒起初不干，但拗不过乡长，只好把绳子打个结套在身上与乡长并排拉着。天擦黑的时候，二懒家的地已经全部犁完了。乡长说："把种子拿来，赶上好天种上，看明年你还有得吃没有！"看着乡长累得喘着粗气，二懒抹了一把眼泪，说："乡长，我服了你了，从今往后我一定好好种地，再也不去乡里要救济了。"

乡长说："二懒呀，乡里就是为农民服务的，真有天灾的事乡里会救济你的。但你不好好种地可不行，人误地一时，地误人一年啊！你想想，不种好地，光想靠公家照顾过日子咋能致富呢？"

二懒想留乡长吃晚饭，但没能留住。乡长走了，二懒两口子送了他好远。

从此，二懒再也没有向村里和乡里要一粒粮食。

日　子

老三与阿玲婚后五年，两人感情日深，儿子小术从出生到上幼儿园，小两口连脸也没有红过。邻居们说，这两口子难得，像他们这样过日子的不多。

日子就这样一天天地过着，每天老三骑单车送小术上幼儿园，阿玲上下班赶在老三前面洗菜做饭，平平静静地，像一池没有风吹的碧水。

这天晚上，天气贼冷，全家人吃完晚饭哄孩子睡下，老三说：“阿玲，你把灯关了。”电灯开关在门后面，是一根垂着的细绳子，要关还得起身到门口去拉线。阿玲说：“你去吧，太冷了，我怕冻。”老三一卷被子，把头蒙着，半天才探出来：“我也嫌冷。”阿玲推推他：“你是男子汉呀，快去吧。”老三说：“大自然面前男女一样的嘛。”继而眼睛眨了一下，“咱俩来剪子、布、锤，谁输了谁拉开关。”阿玲一听怪新鲜，就伸出手说:“可是你说的，不准赖！”两人来了两个回合，阿玲输了，就吸吸溜溜地披衣下床拉了灯。

第二天早晨阿玲没像往日那样早起，而是蜷在被窝里不动。老三喊了半天，阿玲就来了一句:“咱们再来剪子、布、锤，谁输谁做早饭。”老三就摇摇头，两人又挥手比输赢。这一下，阿玲赢了，老三就叹了口气，穿衣做饭。

吃早饭的时候，老三说：“我每天都送孩子很辛苦的，以后咱们一个人一天。”阿玲说：“行呀，我每天做三餐也很辛苦的，也一人一天。”吃完饭，阿玲说:“谁刷碗呢？”老三说:“当然你刷。”阿玲说：“为什么是当然我刷呢？”老三不吭声。阿玲就伸出手，还是剪子、布、锤。于是两人又论起了输赢。

从此，老三和阿玲接送孩子和做饭，就轮流着，但到了拉电线开关、洗锅刷碗、扫地抹桌的时候，就来剪子、布、锤，习惯成自然，时间久了两人觉得再平常不过了。

双休日的时候，阿玲妈来家看女儿。老太太一到，便忙着为女儿女婿做家务，一会儿扫地，一会儿又洗菜做饭，看到老太太忙乎的样子，小两口传递着眼神，然后背过身子偷偷地笑。老太太看女儿、女婿都在偷笑，以为自己做错了什么，问他们笑什么，他们却又装出若无其事的样子：“不笑什么。”老太太觉得莫名其妙，走的时候还用疑惑的眼光看着女儿，但阿玲什么也没说，送妈出了门。

老太太一走，阿玲就对老三说：“今天我妈来帮我做家务，明天轮到你了。”老三狡黠地说：“今天不算，因为我们两个都没做家务，是别人做的。”阿玲就在老三的背上拍了一巴掌，嘴里骂道：“死鬼！”

一天，老三出差回来，多日不见小两口亲密无间。晚上还是冷冷的，老三把阿玲拥在怀里，两人说着暖融融的话，末了，两人都抢着去拉电灯开关。关了灯，阿玲说：“为什么今天不来剪子、布、锤了？”老三笑笑说：“那段时间我们过的是什么日子呀，像市场经济进了家庭，我在外面越想越觉得惭愧，今后我们不要这样了好吗？”

阿玲依偎在老三的怀里，“扑哧”一声笑了。

第二天，阿玲早早地起了床，做好早饭就喊老三起来吃。吃过早饭，老三搬出单车，带上小术去了幼儿园。

班　长

班长叫王鲁民，大我三岁，山东兵。我从新兵连分到了班里，那时候他是刚提拔的新班长，操着一口山东话对我说："小孟，咱们班是尖子班，学习、训练都要走在全连的最前面，你能受得了吗？"我来了个立正姿势："报告班长，受得了！"班长就在我的肩膀上拍了一下："好，就看你的了。"

的确，我们的学习和训练都十分艰苦。每天要在野外练瞄准、走队列。瞄准时，我的左眼不会闭，班长不知从哪儿搞来一盒清凉油，往我眼圈上一抹，左眼就睁不开了，班长说："这法儿灵不？"我闭着发酸的眼睛说："灵，班长！"他哈哈一笑："那就好好练吧。"走正步时我的脚抬不高，一抬腿就站不稳，星期天班长就把我弄到一棵桐树下，绑了两块砖吊到我的脚脖上让我练稳步。他说，这叫吃小灶。火辣辣的太阳下，我站了两个多小时，直站得我浑身发抖。说来也怪，第二天我走正步时果然走得正、站得稳了。

一天夜里，我在弹药库站哨，忽然雷雨交加。本来胆小的我似乎看到周围都是可疑的情况，不禁心惊胆战，缩在岗楼里一分一秒地熬时间。这时，有脚步声传来，我用细弱的声音问了一句:“谁？”“王鲁民！”班长用山东口音响亮地回答道。我一下子稳定了下来，班长说：“你还是个嫩娃娃，经不住风雨呢。”就陪我站到了老兵接岗。

班长的三年兵役服完了，我含着泪把他送上了开往山东的列车。临走时，班长瓮声瓮气地对我说：“以后有困难到山东找我，知道吗？”我说：“知道了。”便望着徐徐开动的列车抹眼泪。

三年之后，我也服完了兵役回到了河南，被分配到一家工厂当工人。三年的军营生活，使我练就了吃苦耐劳和乐于奉献的意志，事事处处总干在人前，深得领导的好评，不久就被提拔为生产组长。

然而，天有不测风云。由于企业改制，加上生产所需的原料不断涨价，致使我们厂里的生产成了高成本低产出，企业举步维艰。开始我们只发一半工资，后来变成了三分之一，上级为我们换了四茬领导也没给我们带来好运，七年之后，工厂在一千多名职工的哀叹声中垮台了。

那时候，我的情绪低落到了极点。我在家里待了半个月之后，忽然就想起了班长。记得班长临别时扔给我一句话："有困难到山东找我。"我想，我现在的确是到了困难的时候了，但不知班长还记不记得我。出于交心，我给他写了封信向他苦诉了一切。十多天之后，我收到了班长的来信，信上说让我去山东找他。

说实话，当时我的心里忐忑不安，心想：去他那儿如果找不来活儿，白搭一路车费岂不更糟了？但想来想去还是觉得去看一看好，总比窝在家里强。于是，我就积了一点儿路费去山东找班长了。

班长在火车站上接我，他开着一辆桑塔纳把我拉进一家气派的工厂："这是我的厂。"我眼睛一亮："你不是农村兵吗，怎么也进厂里了？"他哈哈一笑："农村兵就不能办企业了？告诉你，这是我私人办的企业！"班长告诉我，他退伍后，在沿海跑了三年的服装生意，摸到了高档服装的产销门路，就自己贷款办了这个服装厂，由于他们的服装质量高、款式新，一出厂就被抢订一空。现在，厂里的服装还出口韩国、泰国、新加坡，厂里由原先的两百万元固定资产增加到现在的七千万元……

"好家伙，班长，你真中！"我坐在车后边，拍了他一巴掌，又竖起了大拇指，"你给咱们当兵的争脸了。"

班长举起右手制止了我的话，显出一副企业家的派头："你能干什么？"

"我嘛，啥都能干。"我说。

班长又举了下手："不许吹牛，看你能吃苦，你就到成衣车间运包装。一个月给你开两千，行吗？"

我的天呀，两千！我嘴一张："行行行！"

两天之后，我就成了成衣车间的一名员工，每天我将车间合成好的衣服打包扛到仓库，码放整齐，然后登记造册。活儿虽苦但心情很愉快，尤其是经受了一次下岗的折磨，更感受到了工作的重要性，于是我把吃苦当作快乐来享受，很快便在车间里有了口碑。有人私下说："这家伙干活不要命，也没有上下班时间，不知道与老板啥关系！"我听了，只在心中窃窃地笑，但从不和人说我们的关系。

两个月后的一天，班长到车间里检查工作，看到我扛了一个大包进了仓库，就把我叫了过来，当着全车间人说："从今天起给你每月加薪五百元！"我一听来了个立正姿势："报告班长，谢谢你！"

"那就好好干吧！"班长说完扭头走了。

"班长，什么班长？"车间里的人你看看我，我看看你，都显出很惊愕的样子。

转运饺子

哥总说他是这个世界上最倒霉的人，什么事都干不成，所以他整天垂头丧气的，像个霜打的茄子。

哥比我大六岁，当我上初中的时候，他就走进了社会。那时候，哥跟着一个窑匠学砖瓦活。哥的个头很高，围着个围裙，拿个铁铲子，像古时候的战将，对着眼前的一堆红土泥巴不停地砍，“嚓嚓”声中，那泥巴就变得像棉花一样柔软。泥和到细处，再用铲子把它垒起来，方方正正的，做砖瓦时，他的师傅拿着用细钢丝做成的弓，对着泥巴一切，就有一层薄薄的泥躺在手上，然后顺势往转盘上一贴，转动的当儿，一筒瓦就做好了。哥就提着师傅做好的瓦小心翼翼地走进太阳地里，挨着个儿放上。

可不巧，哥只干了半个多月，他突然生了病，这一病就把这个学手艺的活儿病掉了。

第二年，县供销社到乡下招工人，哥填了表，通过了政审，然后就等批下来成为正式工。哥那几天很高兴，说他快离开家了，要给家里多做些活儿。于是，就天天上山砍柴，把我家屋后的柴火垛得老高。不料，那天下午他爬树砍柴时，不慎从树上摔了下来，把左腿摔成了骨折，在家一躺就是三个月。招工表批下来了，可人家得知他骨折了，就又收回了审批表。哥躺在床上，看着取表人的背影哭了。

之后好几年，哥就少言寡语了。他默默地下田，再默默地收工。谁要是提招工的事，他也不跟人家多说一句话，总是悄然离开。父母每每看他这样，就摇头叹息，只说他运气不佳，别无他法。

后来，哥看了一场电影，回来突然说："我就不信，堂堂男子汉，我活不出个人样来。我要出门自己闯！"父母看他一天天大起来了，也没拦，由他去。哥就挑上被子出外打工了。哥在义马矿务局找了一份挖煤的工作，一个月能挣四五百块。哥写信回来说，挖煤虽然很苦，但他不怕，他要干三年煤工，攒些钱盖所新房子，找对象成家。家里人看信后都替他高兴，我和二妹还做了分工，我帮哥选新房地址，二妹打听一个漂亮又实在的姑娘为哥当媳妇。那些天，一家人的劲头都很足，就等着哥攒钱了。

然而，哥出门不到两个月就又扛着行李回来了。我们问他怎么回事。哥突然眼圈一红，哽咽着说："我差点儿把命丢在井里了！"哥说，他们采煤时，井下冒了水，二十多个人被水困住了，在里面饿了四天四夜才被上面的人救出来。他说再不去井下挖煤了，那不是人干的活儿。哥说完，消瘦的脸上，就落下几滴浑浊的泪水。

妈说："占，你以后别出门了，在家老老实实干庄稼活，省得你受罪我们担心。"哥点点头，不再说话了。

哥又开始沉默起来，天天拿锄头、镢头下田干活，干完了吃饭睡觉，睡足了再干活。哥的日子就变得平淡起来，我们选好的新房址仍在那儿仰天躺着，始终连一块石头也没有放上去。

两年之后，村里有人做生意，把每户人家的黑木耳收起来，租一辆卡车拉到武汉、广州去卖，一车能赚上三四万块钱。起初哥不动心，可后来看见一家家都上南方贩木耳发了财，哥就又开始心动了。他跟父母商量弄一车试试。那时候乡信用社有小额贷款，哥去弄了十三万，收了一卡车优质黑木耳，往广州拉。哥把木耳拉到了长沙，司机说路太远太累，得休息。哥就把车停在一家旅馆住了下来。哥不知道南方雨水多，说下就下了，哥和司机都很累，一躺下去什么也不知道了。半夜外面下起了瓢泼大雨，雨水全灌进了装木耳的麻袋里。第二天早上，哥醒来时，那一车木耳已经胀成了一座山，撑爆了车厢，散落得满院都是。哥和司机都愣了，不知如何是好。一位好心人对他说："孩子，你快把木耳就地处理了，南方湿气大，再不处理两天就长毛了。”哥就听了那人的话，让他找了一个买主，一车货只卖了九万元。打发了司机的运费，哥带着剩下的钱跑了回来。

哥说他倒霉透了，他一辈子再也不做生意了。哥说完这些话，就不再说了，天天长吁短叹的，额头上明显增加了几条深深的皱纹。

哥的生活很沮丧，他成了一条提不起来的麻袋。父母看他的样子，替他担心，但怎么劝也没用，哥对生活彻底丧失了信心，他说，人活着没一点儿意思。

这年除夕，家家户户都在放爆竹包饺子，哥却低着头坐在火盆边抽闷烟。母亲喊他去劈柴，他一句话不说，提着斧子到屋后劈了一大堆柴抱回来，然后又坐下抽闷烟。母亲看着他，皱了下眉头，专心包她的饺子。

过了一会儿，母亲喊我出来，悄声问我："袋里有硬币没有？"我莫名其妙地看着母亲，然后从袋里掏出两枚一角面值的硬币递给她。她说："我只要一枚就行了。"

母亲拿过硬币，诡秘地一笑，把它包进了饺子里，然后说："明天早上吃饺子的时候，帮我劝一劝你哥。"说完，手一扬，"玩你的去吧。"

我疑惑地离开了厨房。

第二天早晨就是春节了，母亲早早地起了床，为全家人煮大年饺子。等她煮好了饺子，我立刻点燃了一挂鞭炮，然后喊哥起来吃饭。

哥阴着脸坐在饭桌前。

母亲说："今天是新年了，妈包了一个转运饺子，谁吃着了谁就会赶走坏运气，转来好运气。"然后招呼大家吃起来。

"哎哟。"正吃着，哥叫了一声，然后从嘴里吐出了那个硬币，"包了几个转运饺子？"

我惊奇地说："哥，你好运哎，就包了一个呀，让你吃着了。"

母亲缓缓地放下筷子，看着哥，和蔼地说："占，以前运不好，都过去了，从现在开始，你就有好运了，妈相信你是最能干的。"

哥的脸上露出了笑容。

正月初三，哥说，他想跟着村里人到南方打工。母亲说："你放心去吧，家里有我和你爹哩。"

哥就走了。

哥在深圳待了六年半，从一份送液化气的活儿干起，直干到一家制衣分公司的经理。

哥回来的时候，带回一个漂亮的嫂子。

冬　日

冬天的天很冷，村头通往山外的大道上西北风抽得落叶乱飞，来往的行人都把自己裹得严严实实的，只有老丑穿着薄棉袄像木桩子一样扎在路口。

老丑两手操在袖筒里，嘴里抽着纸片卷成的烟，强装硬朗地盯着面前的竹筐。那筐里盛满了红彤彤的柿子，有面片儿、镜面儿、重台儿、八核儿，像正月十五的小灯笼在筐里集合，等待着赶集路过的人来吃它们。

一对男女穿着羽绒服，后背上还背着大背包骑车过来，女孩先看见那筐红柿子，嘴馋了。她下了车子招呼后面的男孩："海子，看这柿子多美，我想吃。"男孩看看老丑："想吃就吃呗，这又不值钱。"女孩脱了厚手套问老丑："咋卖？"老丑看看这俩人，像俩洋娃娃，肯定是城里来山里野游的，嘴一张就出了价钱:“五毛钱一个。”女孩停了车，说:“海子，真不贵，咱们一人吃它五个。”

两个人就蹲在那儿挑着又红又大又软的甜柿子吃起来，掏钱时，老丑说：“那小的五毛钱一个，你们吃这大的一块钱一个，十块钱。”“得了，山里人不容易，给你十块。”男孩说完就掏了十块递过去，推着车子往村里望望，对女孩说：“咱们去村里拍几张照吧。”于是两人推着车子往村里走。走了老远，女孩回头朝老丑笑了笑，老丑不知道她笑什么，吸了一下鼻子，把手操进袖筒里。

男孩和女孩进了村，看见一座院落的屋檐上挂着一挂挂柿饼，就对着拍起照来，横拍几张竖拍几张，惊动了屋里的女人。女人问他们这是做什么，女孩笑笑说：“你这柿饼子挂得真好看，拍几张照片。这都是你亲手做的吗？”女人自豪地说:“那可不是嘛，俺做了半个月才做出了这么多。”女孩问：“肯定非常好吃吧，看着就嘴馋！”说着就想去摘一个下来，女人止住了她:“孩子,还没有晒熟,涩。你来屋里我给你们拾红柿子吃。”

两个人跟着进了屋，发觉屋里和外面差不多冷，再看看里屋的床上，又破又烂的被褥令他们不寒而栗。女人用竹篮盛了又大又红的柿子递过来:“吃吧，乡下人没好东西招呼你们。”女孩摆摆手:“挺贵的，一块钱一个你拿去卖钱，我们吃过了。”

女人显得有点儿生气：“哪来的一块钱一个，一毛钱一个也不值，你们尽管吃，不收钱。”

男孩又说话了："谢谢大嫂，我们真的吃过了。"又指着里屋的床铺问，"晚上就铺盖这些，冷不冷？"

女人说："冷，习惯了。"

男孩和女孩商量："她家里很困难，帮帮她吧。"女孩点点头。于是，他们每人掏出一百元递给女人："大嫂，这两百块钱你接着去置套被褥吧，天太冷。"

女人不接，女孩就塞到了她的口袋里，然后走出院子招手再见。女人愣愣地站在那儿，手提着装了柿子的篮子。

不一会儿，老丑回来了，高兴地对女人说："今天遇见两个小傻子买柿子吃，一块钱一个，十个就卖了十块钱！"

女人一愣："是不是骑着自行车背个大背包？"

"是哩。"老丑咧开嘴笑了。

女人掏出那两张钱往男人脸上一拍："你个死人，死猪头，坑人家娃娃。你看见没有，人家怕咱铺盖太薄冻着了，给了两百块钱让添新铺盖……"

老丑一听，狠狠地拍了一下自己的脑袋，转身就往外追，追到院边往村外的大道上望，却不见男孩和女孩的影子。

大学生和川

和川拿着一个呼啦圈来看我，我惊奇地问他："不是在上大学吗，怎么跑到这儿了？"和川嘿嘿一笑，拉过我女儿，把呼啦圈递给她："叔叔刚从大学毕业，还没挣到钱给你买好礼物，就给你买了这个，现在正流行它，叔叔给你表演。"说完，他把呼啦圈套在腰上，轻轻一闪，呼啦圈就飞快地转起来，并发出响声，看得女儿高兴地拍手。

和川玩过，拉着我上街转了一圈："哥，你说我干点儿啥好？"我说："你当教师、当职员或者去大企业当个什么的都行。"他摇了摇头："现在大学生一抓一大把，不值钱了，再说你说的那些我当然想干，可没关系，也没钱送礼，咱就随便干个啥吧。"

啥？我用怀疑的目光瞪着他。和川可是我们村里少有的大学生，不说他那当了一辈子农民的父母盼他毕业后有个出息，连全村所有的乡亲们都眼巴巴看着他进城当个干部啥的。现在他居然想随便干个啥，简直出乎我的意料。“那你想随便干个啥？”我问他。和川在街头随处瞅着，用手点着店铺或行人：“卖豆腐，压面条，就在这个十字街口弄个小摊儿卖早餐也不错，这些主要是成本低，又好干……”

还没等和川把话说完，我就截住了：“家里人、村里人盼着你上完大学当个啥，你却来弄这，不怕人笑话！”

和川一脸轻松，又是嘿嘿一笑：“哥，老眼光了不是，你放心，我会做得让他们出乎意料的。”

我不屑地说：“你现在就让人出乎意料了。”

和川在家吃了顿捞面条，借了我五百元钱走了。

几天之后，我送女儿上小学，路过十字街口时，看见和川果然摆了个早餐摊点儿，他围着围裙，忙着为人打饭。见我过来，拉我坐下给我们盛了一份早餐催着让吃。他指着眼前摆的小米稀饭、豆腐脑、八宝粥、胡辣汤说：“这都是我早晨四点起来做的，我在那边租了间房子，准备了三天时间，这是我第一天开业，你觉得味儿咋样？”

“你呀！”说完我呼噜呼噜地吃了起来。

说实话，这孩子干起这件事来还是挺认真的，他的胡辣汤从熬制到调料，都弄得有滋有味的，我在心里暗暗称奇。但还是想，他应该是干大事的人，不该在这个地方起早受罪。

但我知道，他一旦决定了并且投入了，再说什么也没用。

之后的日子里，我去送女儿上学时总故意绕着和川，远远地看见他又是炸油条又是打饭，忙得不亦乐乎。我真替他的父母可惜，白花了几年的大学钱。

两年后的一天，和川领着一个女孩来我家，说是他的女朋友。女孩是和川的大学同学，分到市里一家纺织企业当设计员，不料这几年纺织企业挨个儿倒闭，就跟着和川一起做早餐的营生。和川说，他干了两年赚了五万元，正好前几天摊位后面的一家小酒馆转让，他们接下了，以后不再卖早餐了。说完，还是那样嘿嘿一笑，两只眼睛挤成了一条缝儿。

和川结婚的时候，我带着女儿去喝喜酒。这时候的和川已是一家中等酒店的老板了，我被安排与他父母同桌，喝了三杯和川两口子的敬酒，我深深地叹了一口气，对和川和他父母说："和川是个能干的人，想当初以为你上了大学，能当上个干部什么的多好，你却坚持要做这一行，看来那时候你已经心里有谱了，还瞒着我。"

和川说："哥，比起咱们乡下来，城里啥都能赚到钱的。我上了四年大学只学了两个字，积累。那时候，压面条、卖豆腐，信不信，我干哪一样都能成功的。好多人就是因为对这些看不上眼，不去做，都想干大事，结果大事没干成，连小事也误了。"

有道理，我连连点头。

随后的日子里，和川就天天守在那个酒店里忙活，我们来往得少了。

女儿今年考上了大学，全家人十分高兴，送她去武汉的前一天晚上，我们准备摆一桌酒席庆贺一下。于是，我拨通了和川的电话，想在他的酒店里安排。不料，和川说，他的酒店早在半年前就转让了。我问他怎么回事，他在电话里嘿嘿一笑："哥，人往高处走，水往低处流呀，你不想想我还能老开个半大酒店，也该发展发展了。我在三里桥新区街口买了几亩地，准备自己盖一座大酒店，主体工程已经好了，再有半年就可开业啦。到时候，你得给我庆贺，还得送两个花篮！"

放下电话，我对女儿说："咱去金玫瑰大酒店吃饭，叫你和川叔叔一起，让他给你讲讲上大学与创业的关系。"

第二天送走了女儿，我专门开车到三里桥看了看，一栋八层高的楼房已经矗立在那儿，远远看去像座铁塔。

风　景

摄友们的眼总是尖的，耳朵更灵。这几天大家正吵着要到盘古山去拍摄明代建筑，行话说，越是古董拍出的图片越艺术。

盘古山在一百二十多公里外的熊腰乡，已经二十一世纪了仍几近封闭。还是摄友老陈逛街时，听两个刚碰面的驴友说的。那时候正值过午，一个驴友拉着另一个驴友问他上周去哪儿了。另一个驴友说上盘古山了。又问盘古山在哪儿，回答说在熊腰乡。再问那里好玩吗，回答说很不错，山上有片明代大院，一排七个，值得一看。就这几句对话，把摄友老陈听得耳朵发痒，赶紧报告几个摄友，安排车辆，带着器材前往盘古山。

老陈坐在车上，向大家重复那两个驴友的对话后说：“明代建筑，本来就不多了，加之在深山老林，更是珍贵，说不定通过咱们的拍摄可以挖掘出一处旅游景区。”罗锅立刻附和：“就是哩，七个一排的古式院落，形成一道优美的文化风景，实在太有价值了！”罗锅是市报的资深摄影师，背上长了一块脂肪瘤，虽无大碍，却显着一块肉疙瘩，大家就喊他罗锅。

车到山下一个村庄就没有上山的路了，大家只好弃车步行。罗锅找了一个村民，让他指了指盘古山的方向，之后大家攀了七八里的羊肠小道，终于看见半山腰几棵大树下露出几处瓦屋顶。

老陈精神振奋，大跨几步爬上了陡坡，正要振臂高呼，却愣愣地站在那儿。原来，映入他眼帘的是一排残垣断壁的土木建筑，静静地躺在大山的怀抱，院外的碌碡、捣米臼残缺不全，空场上长着半人高的荒草。所有摄友没有一个人说话，拿出相机不住地拍摄。

过了一会儿，大家从第一个院落进入，或拍石刻门礅，或拍木雕窗花，将所有的东西都收进了自己的镜头中。只有罗锅默默地走动着，不时举起相机，对着倒塌的石墙拍照。之后，他离开队伍，从院落的后道上穿过，像是寻找着什么。终于，在第五个院落中，他停下了脚步。

一个老婆婆静静地坐在院子里的石桌前，面前放着一个粗瓷大碗，碗里有两个剥了皮的熟土豆。罗锅生怕打扰了老人，蹑手蹑脚地走过去，调整了角度，蹲在那儿给老人拍了几张特写。

老人用昏花的眼睛看着罗锅，露出了和蔼的笑容。罗锅也笑着，看见老人身边有一块磨光了的青石，轻轻地坐了下来：“奶奶，你多大年岁了？”

“八十七啦。”老人依然笑着，嘴里已经没有了下牙。

“这院里还有别人吗？”

“就我一个，他们都走了。”

“那你为啥不走呀？”

“我哪也不去，这是我的家。”

“他们去哪儿了？”

“不知道。”

老陈听见院里说话，也走了过来。罗锅站起身，拉着老陈走进了婆婆的屋内。房间里潮湿阴暗，隔墙歪斜着，因为屋顶年久失修被雨水淋塌了一半，瓦土也从上面漏了下来。婆婆的土炕上铺着破烂的褥子，只有掉了漆的木桌上放着一把擦得光光的青花瓷茶壶。老陈拍了几张照片，伸手去动茶壶，却被罗锅挡住了，两人慢慢地从屋内退了出来。

大家拍过了图片，兴高采烈地集中在老婆婆的院子里，大谈收获，只有罗锅不吭声，默默地坐着。

一个摄友走过来说：“罗锅，你看这院子这房子这婆婆，多么好的风景，你咋不拍，愣坐着干啥？”

“这不是风景！”罗锅突然烦躁地说着，然后拿出手机，边走边寻找信号，直到场外的碌碡前才听到儿子的话：“爸爸，有事吗？”

“有事。你给我到超市买上一袋米一袋面一壶油，挑最好的，再买一套好被褥，租个车送到熊腰乡盘古山薛家老院，我们在这里等着你。”

打完电话，他快步走回院子，对婆婆说：“奶奶，一会儿让孙子给你送好吃的。”

“哦。”老人似懂非懂，只顾点着头笑。

富　翁

老丁常说，钱是个啥？生不带来死不带去的，有一点儿够花销就行了，多了就是个数字。听了这话，别人都笑他："你自己给自己说宽心话，在这金钱至上的年头，谁还嫌钱扎手？除非他是个憨憨！"

老丁在陕州路上开了个小饭馆，老两口专营饺子。后来，他见好多顾客都爱在吃饺子之前喝几杯，就自己加工了一个玻璃柜，每天调拌七八个凉菜放在店门口，也算给那些喝小酒的人提供个下酒菜。

老丁对自己的生活很知足，忙也快乐，闲也快乐。别看他快七十岁的人了，擀起饺子皮，左手抓着五个小面团，右手捏着小面杖，轻轻一翻一卷，小面团变魔术一般成了规规矩矩的五个饺子皮。他只忙那么一小阵，就够老伴包上小半天。这时候，老丁就搬个小马扎坐在店门口闭目养神。不，也或许是在想心思。

其实，老丁也没有多少心思。他的生活再简单不过了，除了白天侍弄这个小饭馆外，晚上就回到他那六十平方米的小屋里睡大觉。偶尔会将玻璃柜里剩下的凉菜带回来，弄一小瓶红星二锅头自斟自饮。老丁的酒量不大，一瓶下去就会小醉。每喝到小醉的时候，就会哼几句曲剧《卷席筒》中小仓娃的唱词：

小仓娃我离了登封小县
一路上受尽了饥饿熬煎
二解差好比那牛头马面
我和他一说话就把脸反
……

唱着唱着，就睡着了。老伴嘴里嘟哝着，将他扶到木床上，脱了鞋，塞进被窝。

第二天，老丁像又活过来了一样，仍然和老伴按时出现在小饭馆里。先是配馅、和面，然后拌凉菜，忙得一塌糊涂。

一天下午，水工机械厂的工友老汪来到饭馆，老丁就配了四个小菜，坐下来陪着喝酒。老丁在柜架上挑来挑去，挑了一瓶“老村长”打开。老汪说：“老东西，开饭店几十年，少说也赚了几十万，让我喝这种酒？”

老丁嘿嘿一笑："你是白喝的，这酒也不错了，好酒卖给客人喝。"

老汪咧着嘴，端起杯子与老丁对碰了一下："小气毛，一辈子都是小气毛。舍不得吃舍不得穿，看你要那么多钱干啥！"

老丁喝了酒却收起笑脸一本正经地说："老哥，我这些天正在想这事呢，咱好赖也算是个小富翁了，你说这钱将来给谁？"

"给儿子呗！"老丁话音刚落，老汪就接上了。

"儿子自己上班，两口子也就一个丫头，花销也不大。要钱没用。"

"老古董，再不大也是你儿子，你还想把钱送给旁人不成？"

老丁也端起杯与老汪对碰了一下："哎呀，儿子倒是老想要钱了，可我觉得钱多了对他没好处，你看……"

"看不看，钱、房子，所有都是遗产，留给自己的儿子天经地义。"

"我倒不这么想，钱多养懒人。咱们小时候多苦呀，受过苦才知道创业，才有今天。现在这社会要啥有啥，人人都生活在福窝里，要是手中有大把的票子，自然就懒得做事业了，那样会毁了他们的。"

俩老头说着喝着，一瓶"老村长"干完了，这才散了。

那天晚上，老丁没有再唱小仓娃，而是把老伴叫到跟前，说了大半夜的悄悄话。

两年之后的一天夜里，老丁睡下再没醒来。按照老丁的事先交代，老丁的后事从简办理。七天之后，老丁的老伴找到市慈善总会，替老丁办理了一笔一千一百万元的捐款手续。

一个做小生意的老人居然捐了这么大一笔款，这在全市还是从来没有的事。慈善总会向市领导汇报后，决定举行一个仪式。但老太太死活不肯出面，市里只好安排电视台搞了个专访。

当记者问老太太做小生意如何攒了这么多钱时，老太太沉思了片刻，告诉记者说，老丁常买福利彩票，二〇〇三年四月，他买了几注，几天之后居然中了大奖，得到一千四百万元，除了税，还有一千一百多万元。老头子告诉她，钱多是祸害，千万不能让人知道，等他走了就捐了……

“这么多钱，怎么不留给你们的儿子孙子一些，为什么全捐了？”

“老丁总说，一个人再有钱也是住一间房睡一张床、生着一张嘴，有点儿钱花就够了，多了也没用，捐给那些需要的人，也算积点儿德。所以我们就全捐了。”

节目播出后，许多认识老丁的人或在老丁饭馆吃过饺子的人，都私下里说：“看不出来，这个老人还真是个千万富翁！”

牛　斗

我们村里兴起的牛斗源于六年前的生产队拆分。本来，我们和西湾队是一个生产小队，六年前上级决定将其一分为二。分队的时候，无论人或田或山坡，都以曹家洼为界，洼东为我们队，洼西为西湾队。按说这样分也是无可挑剔的，可到了第二年夏天因为干旱两队都抢着用曹家洼的泉水浇田，结果闹了一起群架结下了梁子，一年到头总会为了些小事打群架，搞得臭名远扬。

前年夏天，西湾队添了一头新牛，头上有一片白毛，俗名叫“白顶门”。此牛三岁上下，长得精干利索，十分好斗，本来我们两队的孩子们放牛时在一个山坡上，现在有了“白顶门”，牛群一上山它就欺负别的牛。西湾队放牛的孩子们见此情景，故意训练“白顶门”，让它专门欺负我们的牛。我们队里的牛大都是傻大笨粗型的，哪经得住年轻的“白顶门”挑战，每次一上山坡，“白顶门”就会顶着两个尖角直奔我们的牛群而来。我们的牛群吓得四散开来，跑得慢的被它狠狠一挑，身上就划出一道白印。我们敢怒不敢上前拦挡，任凭它在山坡上肆虐。

后来，根据生产需要，我们队也添了一头年轻的犍牛。它一身红毛，也有力气，虽然个头没有“白顶门”高，但它不惧怕“白顶门”。我们也训练它，让它来抵挡“白顶门”。那天，我们把红犍牛赶到山坡上，不一会儿西湾队的牛群也上了山，“白顶门”像往常一样，到了山梁上昂头站一会儿，突然发力往我们的牛群冲。我们一起喊:“红犍牛，上！”红犍牛就站在那儿不动，“白顶门”冲到跟前，也许发现红犍牛陌生，犹豫了一下，才顶着尖角去挑刺红犍牛。红犍牛站在育林带的平缓处，夹着尾巴迎敌。当“白顶门”的尖角快刺到红犍牛时，红犍牛一摆身子，让“白顶门”刺了个空，牛角挑住了前面的一棵青冈树。“白顶门”疼了，本想退却但碍于面子，愤怒地向牛群奔去，对着一头老笨头一抵，那牛就滚了。当我们追到坡底时，老牛已经摔断了腿。

一周之后，队长九叔找来个人，杀了卧地不起的老牛，并严肃地交代我们：牛是队里的壮劳力，必须看好，不准再出现这样的情况了。

但话是那样说的，“白顶门”可不管这些，仍然会在山坡上冷不防攻击我们的牛。不过，每遇见这样的情况时，红犍牛总是会挺身而出，虽然不敌“白顶门”，但敢与它对峙——我们觉得已经很不错了。

老牛死后，生产队的牛有一头落了单，耕地时配不上套，九叔就让镇上的牛经济帮忙再买一头。不几天，牛经济就吆来了一头南阳黄牛。这头大黄牛不但块头大，还长着两只大角，比“白顶门”的角足足长四五寸，而且那角天生往前弯着。这下，我们都暗暗高兴起来，认为“白顶门”有了克星，加上一个红犍牛，“白顶门”只有去死的份儿。

有了这样的想法，大家都盼着秋耕后再上山放牛。终于盼来了这一天，我们像宝贝一样呵护着“大角”，一到山坡上就拉开了让牛斗的阵势。“白顶门”似乎意识到了什么，站在半坡的育林带上观察了好久，默默地低头吃草。

这可不是我们想要的，我们就喊着“大角”的名字，用石块打它，以激起它的斗志，让它去追“白顶门”。果然，“大角”怒了，哞地叫了一声，昂着头向“白顶门”奔去。“白顶门”没来得及跑开，“大角”的左角划着了它滚圆的屁股，立刻，“白顶门”的屁股上出现了一条深深的伤痕。我们站在山梁上，不停地喊叫、拍手，鼓励“大角”继续攻击。“大角”又调整了一下角度，翻着白眼向“白顶门”扑去，“白顶门”弱弱地躲闪着。这时，队长九叔突然出现在山峁上，他夺过一个伙伴手中的皮鞭，狠狠地向“大角”抽去，“大角”被九叔一抽，也弱弱地退了下去。

九叔喘着粗气，把我们两个队的伙伴叫到山梁上批评："咱们养牛是耕田的，不是让你们赶到山上斗架的！谁再让牛斗架，看我怎么收拾他！"说完，扔下鞭子，气呼呼地走了。

第二天，九叔叫来几个人，把"大角"用绳子拴在一棵毛栗树上，将"大角"头上的两只角锯成了半截。

温　暖

早春二月，天气依然寒冷。

顺风饺子馆老板刘顺风送走最后一批客人正准备打烊，店里进来了一个中年人。来人穿得并不薄，却浑身发抖。刘顺风瞅了他一眼，说：“关门了，火也封了，明天再来吧。”

那人却不走，搓着手说:“有人吃过的剩菜剩饭给点儿吧。”刘顺风一听，是个讨饭的叫花子，变了态度：“去吧去吧，没有剩菜也没有剩饭，都吃完了。”来人轻轻地跺了两下脚，转身欲走，又停了下来：“要不，给点儿热水喝吧，我很冷，暖暖肚子。”刘顺风不屑，没好气地说:“开水也没有了，火都封了，你到别处去看看。”

说话时，从后厨里走出了刘顺风的父亲，递着一壶刚泡的热茶说：“兄弟，你坐下，我给你倒水。”然后招呼儿子，“快去把炉子捅开，下碗饺子。”

儿子极不情愿地去了后厨。

老刘问：“兄弟，咋这时候才来，饿坏了吧？”

来人咕嘟咕嘟喝完了一杯水，说：“唉，倒霉透了，过罢年到黄河路一家建筑工地干活，刚干了一天出事故了，工头怕追责任，跑了，我来的时候，带的钱交给工头做押金，这一跑工地散伙了，我连饭也吃不上了，饿了三天……”

“哟，要是这样，还是及早回家吧，在这也不是个事儿。”老刘安慰他。

“我倒是想回呀，可离家七八百里路，没钱坐车。”

正说着，饺子端出来了，老刘说：“不急，你先吃饭，吃完以后再说。”

来人看着热气腾腾的饺子，看了看刘顺风并不是很好看的脸色，有些尴尬地说：“这可不好意思，我身上没钱，要是有剩饭了吃一点儿就行。”

老刘瞪了一眼儿子，说：“咱们是开饭店的，哪能让进门的人饿肚子、吃剩饭，那可是造孽的。”然后，又冲来人说，“放心，你就放心地吃吧。”

来人这才拿起筷子，狼吞虎咽地吃了起来。

老刘走进后厨，给一位老板朋友打电话，问他工地还要人不要了。对方说，正需要人哩。老刘就把外间吃饺子的中年人介绍给了他。两人说定，明天上午去工地。

这时，刘顺风进来了，埋怨道：“你看你，咱又不认识这个人，让他吃顿饭就行了，你还给他联系活儿，真是多事。我就不知道你老图个啥呀？”

老刘叹了口气，说：“唉，你不知道，十年前我就是被人骗到城里的，工头跑了，我靠捡破烂维持着生活。后来，被一个好心人介绍到羊肉馆杀羊，这才有了咱们现在的这个店……”

刘顺风听后，愣了一下，看着外间吃得正香的中年男人，打开抽屉取了个烧饼走了过去，放在他面前，轻轻地说：“饿了几天，一碗饺子怕不够，再吃个烧饼吧。一会儿，你就跟我爸睡在店里。”

来人的眼睛顿时有些湿润，他用发抖的手接过烧饼，慢慢地吃了起来。

田瘸子

五十多岁的田瘸子是一条腿。他的右腿只有膝盖以上的部分，穿的裤子也是左腿完整着，右裤腿只是个裤衩。

他靠一根拐杖，把右半截腿和右胳膊都缠在拐杖上，一拐一拐地行走。

田瘸子每次打我们学校门前经过时，我们都会站在不远处盯着骂他："田瘸子，田瘸子，右腿是个半截子！"田瘸子听了有些愤然，但也无奈，就扬着头一拐一拐地往远处去了。

我们知道，田瘸子住在镇上街头的一间土房子里，他有个哑巴老婆，每天在镇上拾破烂，遇到我们这帮小家伙，就用棍子捅她，她一边躲着我们，一边从嘴里发出沉闷的求助声。有时候，我们逗哑巴被田瘸子看到了，他会站在门口扯着嗓门吆喝我们："滚！"再扬一下手中的拐杖，做打人状。我们知道他追不上，也打不到，便不跑，就把矛头转向他，然后大家齐声喊：“田瘸子，田瘸子，右腿是个半截子！”

有一天，镇上放了一部电影叫《海霞》，电影里面有一个叫刘阿太的台湾特务，脸长得像田瘸子，也只有一条腿并靠拐杖走路。我们看了电影，顿时觉得田瘸子就是刘阿太的化身，都认为他是台湾特务，有事没事拄着拐杖在外面乱走，肯定是收集秘密情报！于是，我们就盯着他，看他到底在干什么坏事。

我们跟在田瘸子的身后，看见他转了一圈，只抽了一袋烟，并没有做什么，也没有跟任何人接头，就不知如何是好了。有人说，反正他是坏特务，不是好人，得教训一下他。我们就藏在远处的墙角，拿着土坷垃往田瘸子身上扔，结果田瘸子挨了打，转身太猛，“咚”的一声摔倒在地上……

田瘸子是特务。这个概念就钉在了我们的脑子里，每次见到他，就用仇恨的目光剜他，故意不靠近，继续向他扔土坷垃。

一次，我们放学从街头走过，看见田瘸子倒在地上，一个同学悄悄过去将他的拐杖拿跑了。我们看到，笨拙的田瘸子扭动着身子到处找拐杖找不着，只好用两只胳膊当拐杖，慢慢往家里挪。我们就在一边高兴地拍手笑。田瘸子听见了，气愤地吆喝道：“这帮小浑蛋，快把拐杖还给我！”那个同学举着被磨光了的拐杖，远远地往他身上抛，那拐杖落在田瘸子的背上，田瘸子痉挛了一下，默默地拾起拐杖，站起来一拐一拐地走了。

又是一个金秋开学的日子，我们由小学升到了初中。开学第一天，学校举行革命传统报告会，田瘸子居然坐在主席台中间。校长讲了开场白后，介绍田瘸子："同学们，今天我们请来了战斗英雄田振山为我们作报告。你们知道吗，田伯伯参加过抗美援朝战争，在上甘岭战役中，当连长的田伯伯带领战士发起最后冲锋时，被美国炮弹炸断了腿……"

听到这儿，我和几个同学都愧疚地低下了头。

借　牛

一大早，超子和媳妇正在责任田里挖地角，成武走了过来，笑着说：“你们两个有力没处使是不是？放着两头大犍牛圈在家里不用，却撅着屁股人工挖，图个啥？”

超子直起腰，喘了口粗气，说：“这大块地已经耕过了，剩地角犁不到，再说了，这些天两头牛累得不轻，让它们歇歇吧。”

“你这人就是怪，养牛就是为了耕田用，你放在家里让它歇，你自己就得受累。”

“累就累点吧，庄稼人嘛。”超子说着，憨笑了一声。

成武把话拉到了正题上：“你不用，我可得用了，你们的地都耕完了，我那三四亩地还死板板躺在那儿睡觉，我来就是借你的牛犁地哩。”村里也不是家家有牛，农忙的时候有人来借牛，只要能错得开，超子就会将两头牛借人使用。成武这几年在县城做生意，总是到最忙的时候匆匆赶回来收种，工具也不全，满村子借这借那。

“可中，你拉去用吧。牛接头和绳索在牛屋的墙上挂着，自个儿拿吧。”超子说着，继续挖地。

成武扔给超子一支烟，乐颠颠地往超子家的牛屋去了。

后晌，超子两口子挖完了地角，又打散了坷垃，把地整得平展展的，这才想起了被成武借走的牛。超子说：“成武把牛拉去快一天了，也不见牛歇，不会累着了牛吧？”

媳妇看看天：“是呀，三四亩地得两天耕，牛又不是拖拉机，得吃草喝水休息才有劲儿。你去看看吧。”

超子就扔下工具正准备往村里去，听见有吆牛声，远远看见成武扛着绳索，将两头牛吆了回来。超子走过去，接了绳索，将牛吆到了小河渠，那牛头一低将嘴扎在水潭里喝起来，好久也不抬头。

超子走上前，拉起一头牛，发现牛不停地喘着粗气，满身汗水，就有些心疼，喊来媳妇说：“看牛累成这样，不知道成武咋使的。你招呼着牛喝水，我去看看。”

超子到了成武的田边，看见近四亩的地已经耕完了，他倒吸了一口心，幻化出这样的情景：成武正慌慌地扶犁，手上的鞭子不住地在两头牛背上狠狠地抽，那牛真的像个小拖拉机，拉着沉重的犁在田里小跑……

超子的气不打一处来，嘴里自言自语地说道：“这还得了啦，让牛一天耕四亩地，不累死才怪！你成武就是再赶时间回县城做生意，也不能把我的牛往死处用！”

说着，就急急地要去找成武理论，却被赶过来的媳妇拦住了。媳妇说：“算了吧，使也使了，不吭声还能落个人情，你要去吵起来了，不但白让人使了牛，还得罪了他，没意思。”超子就愣在了路上。

好久，超子被媳妇推了一把，才慢慢地往回走。到家，他挖了一升麦子在盆里用水泡了，然后剁了些青草在盆里与湿麦子拌了拌，端到了牛屋，伺候着牛吃。

两头牛无言地吃着拌了麦子的草料，不时抬头看看超子。这时候，超子像做错了事的孩子，不敢正眼看牛。忽然，他想起了什么，又去打了一盆清水，将毛巾洗干净，仔细地在牛身上擦了一遍，之后守坐在牛屋的青草上打起了盹儿……

石　头

局长的乳名叫石头。局长的乳名被传出来，源于两年前他母亲到机关找他，敲门就问："石头在哪儿办公？"那是行政办公室，主任不在，一个毛头小伙子愣了一下，问："谁是石头？"局长母亲恍然，赶紧改口说："姓曹，叫曹国柱，我是他妈。"那小伙子一听是局长的母亲，赶紧把她领到了局长办公室。

从此，局长叫石头的乳名也就在外面传开了。

有一天，局长出门办事，听见背后有人议论他："喏，他小名叫石头，挺有意思的。"局长回头看看，不认识。他想，他的乳名怎么外面的人都知道了，也不生气，对那人笑了笑，走了。

还有一次，局长去办案，听到有人说他："监察局局长姓曹，小名叫石头，一听这名字就是山里人。"另一个人打趣说：

“山里人没文化，给孩子起名，叫住啥是啥，没听说还有叫狗子的。”两人说完，哈哈大笑。局长那天心情不好，正为一件受贿案头疼，听了这话，脸拉得老长，忍了几忍才没有发作。

局长觉得自己有必要在会上解释一下自己的名字。于是，他在一个全市反腐倡廉表彰会上，突然介绍起自己来：“我的乳名叫石头，我妈说，我这人打小缺奶，叫个狗子吃食，叫个树木什么的，也要吸水，干脆就叫了个石头，不吃不喝也饿不着。”局长说着，自嘲地笑了，会场上充满了笑声。局长接着说：“其实，我对自己的名字很满意，石头嘛，山里遍地都是，普通得很，随便放在堰上可以挡土，放在河边可以挡水，虽然不显眼，但多少还能发挥点作用。”局长话音一落，会场上响起了热烈的掌声。

今年春天，监察局收到群众举报，县交通局运管干部奚长有利用职务之便，贪污、挪用公款三百一十多万元。接到举报后，局长决定亲自上案。他带人先从外围入手，从全县十三个运输公司那儿了解情况，然后范围逐渐缩小，确定了奚长有被群众举报是真实的。那奚长有也闻到了味儿，先是找了县里一个跟局长关系不错的人请吃饭，局长没有去。之后又亲自登门拜访，把一个装有十万元现金的布包塞在局长的手里。局长没有拉下脸，只是说：“老奚，你这是犯法呀，这样做，也让我犯法。拿走！”那话弱弱的，但透出一种强硬态度。奚长有只好尴尬地把包拿了回去，跟人说：“曹局长还说他叫石头，很普通，我觉得他一点儿也不普通。”

三个月后，奚长有的案子终于结了，经查实，他共贪污、挪用公款三百七十九万元，用于包养情人和炒股，情节十分恶劣，决定开除奚长有公职，鉴于他已触犯刑律，案件移交司法机关处理。

事后，有人背后说他：“看不出来，曹局长办案不但雷厉风行，而且软硬不吃。这个奚长有算是碰到钉子上了！”

局长听了，觉得有必要再解释一下自己的乳名。于是，他在年底召开的反腐倡廉总结会上说：“我曾经介绍过我的乳名叫石头，它很普通，可以挡土也可以挡水，放在哪儿都可以。今天，我再补充一点，我对自己的乳名很满意还有个原因，就是它很硬，像铁一样坚硬，砸到谁就会让他头破血流。作为监察局局长，我不希望砸到任何人，但发现有犯了党纪国法的，这个又坚又硬的石头，会随时砸过去！”

局长话音一落，全场响起了热烈的掌声……

满月树

市里创建园林城市，市长指示园林局把市郊的一片荒地设计成苏式园林，一来改善环境，二来在园林城市验收中可以加分。园林局梁局长立即组织专家进行考察设计并进行论证，很快拿出了规划方案，经市长办公会研究后，批准了这个方案。

然而施工时，却被一棵老榆树卡了壳。这棵老榆树孤零零地长在荒地的东南角，它虽枝繁叶茂，但历尽沧桑，满身疙瘩且有许多枯枝，与设计的特色园林格格不入。施工人员按图纸的标识，需要将这棵老榆树清理掉。当大家带着锯子准备伐树时，树下却坐着一位老人，他说："这树你们不能伐。"

施工队长看了看树，又看了看老人，语声和气地解释说："大爷，我们要建一个很美的园林，这一片规划的是风景园，将来要栽女真树、红枫树，还有两棵香樟树，可都是名贵树呀，这棵老榆树与风景园不协调，得把它伐了。”

老人站起身靠在树干上，用手抚摸着树皮，摇着头说：“这树伐不得，不能伐。”

“他老了，有些古董，又不是他家的树，为啥不让伐？”

“别跟他说那么多了，咱锯咱的，他能挡住？”

施工的人围在树下，焦急地等待队长发话，看老人这样拦挡，七嘴八舌地乱发议论。

施工队长示意大家不要乱嚷嚷，仍旧耐心地与老人交谈，他问：“这是您家里的树吗？”

老人看着大家，不回答。

有人故意举起锯子，试图往树干上放，老人张开双臂，愤怒地说：“我说了，不让伐就不准伐，要伐先把我锯了！”

大家没想到老人如此不讲理，但也不能真把锯子往老人身上搁，只好僵持在那儿了。

施工队长拨通了梁局长的电话，说有个老头不知从哪儿冒出来的，挡在工地不让施工。梁局长赶了过来，让大家先干别的活儿，然后拉着老人坐在树下闲聊。

“大爷，多大年纪了？”

“八十五了。”

“您老高寿啊，比我爸还大六岁哩。”

……

“这棵树是咱家里的吧，要不，我们给您老赔点儿钱。”

“不是钱的事，是不能伐。”

“那您总得说说理由。”

老人抬起头，定定地盯着头顶的树枝，沉默了良久，说：“它是我的命根子。”

梁局长一愣，从车上取出一瓶矿泉水，拧开盖，递给老人：“大爷，您慢慢说。”

“我就生在这儿，这是我家的土院子，那时候世道乱，灾难多，人都活不长。我满月那天，我爹专门在院子里给我栽了一棵小榆树，说，娃儿和这树根连根，要是树死了，娃儿就没命了。我娘害怕树死，就天天照看着，树长大了，父母也下世了。后来，修黄河大坝时，这里是淹没区，我们家迁到了土塬上，隔几天我就要来看看榆树，冬天还给它剪枝。后来老了，上不了树，就看着它长疙瘩……”

梁局长明白了，刚才轻松的表情慢慢严肃起来。他思忖片刻，把施工队长叫过来郑重地说：“这棵树不但不能伐，而且一定要保护好。”

施工队长说：“可它跟设计的树种不搭界，咋办？”

“别急，让我想想。”梁局长低头沉思起来。过了一会儿，梁局长对老人说：“大爷，您放心吧，这树我们不伐了。”

“刚才你们的人说，这儿要栽别的树，都是名贵树，我这树是棵贱树，不值钱，我怕你们骗我。”

“再名贵的树也是树，而且您这树比名贵树还值钱哩。”

梁局长校正了一下老人的说法，见老人不解，笑着说，“您这树有故事，花多少钱买不来。”

老人也笑了，露出了几颗稀疏的大牙。

半年之后，园林建成了，风景园里的那棵老榆树被重新修剪了树枝，显得精神了许多。树根处专门包装了一圈仿木水泥板，既能坐人，也可护树。树腰上，还挂了一块一尺见方的牌子，上面写着“满月树”，并将老人和树的故事，用一段文字作了简单的介绍。

萝卜花

天气闷闷的热，屋子里更是闷闷的热。长有坐在这个沉闷的屋子里，浑身出水。他手握刀具，不停地掏、挖、削、切、镂，左手捏的半截紫萝卜，渐渐地变成了一朵牡丹花，扑棱棱的。

长有面前的桌子上已经摆放了七八朵花了，有牡丹、月季，还有菊花、百合，红的、白的、绿的、紫的，在这炎热的夏日里，怒放的花朵们就有一种春天的清爽。

“长有，308 包间是贵宾宴，老板让你刻一个带叶子的牡丹花。”

门开了，连同抽油烟机的吼叫声一起灌进长有耳朵的，还有大厨老赵的大嗓门儿。

长有并没有抬头，顺手从身边的竹筐里挑了一个带叉的紫萝卜，在手上掂量了两下，便开始下刀刻起来。这一次他先刻叶子，那个小萝卜叉变成了一片花叶，为了不使叶子掉落，长有又用大头针将叶子穿了一下，这才精细地刻起了花朵。一层两层，他一下刻了七层，牡丹花瓣透明的薄，花盘也格外的大。长有把牡丹花放在盘子上左右端详，再反复修补，直到满意了，才收了工，擦一把汗，等着这些花被海芬端出去，一朵一朵地伴着硬菜放上餐桌。

这个工作长有已经干了六年。起初长有来酒店打工并不是当刻花工的，只是老板听说他小时候学过画画，就让他跟着卫师傅学刻花。那时候，长有中考分数低，家里人趁暑假把他送到文明路的一家美术班学了一个假期。本来学有样儿了，不料他爸爸做生意时借的高利贷还不上，小饭馆被人强行收走，还欠下一堆债务，长有的高中也上不成了，就到这儿打工，帮爸爸还债。

卫师傅干了大半辈子刻花工，手巧得很，要啥能刻来啥。卫师傅见长有勤快也听话，就决定好好教他。六年时间，把长有教得跟他一样，这才离开酒店，到省城一个更大的星级酒店去了。

从此，长有就天天坐在这几平方米的小屋子里，手不离刀，把一筐一筐的萝卜变成花朵。

长有有点儿累了，站起来，抖了抖身上的萝卜屑，打算歇一会儿，门又开了。是海芬，她端着一个大盘子，把长有刻的萝卜花一件一件地拾起来，然后端着走了。转身时，看见长有脸上有汗珠子，就放下盘子，从兜里掏出手绢交给长有："看你脸上的汗，快擦擦。”

海芬是楼层的服务生，可能是打农村来的，人实在，干起活来有点儿笨手笨脚的，同班的人都看不起她。一般情况下，包间里的跑腿活都是海芬干的，她也不计较，踏踏实实的。倒是长有看出来了，也许是出于同情吧，每次海芬来取萝卜花时，他都会给她一个亲切的笑脸。这让海芬也感到亲近，有事没事会跑到长有的小屋子里看他刻花。

有一次，海芬坐在圆桌对面，痴迷地看长有刻花，看够了就问：“长有，你咋手恁巧哩？”

长有就放下手中的刀片：“只要肯学，谁都会刻，我这也是跟卫师傅学的。”

“那你教教我吧，我学会了，就坐在这儿陪你刻花，不用到楼层来回跑了。”

“中是中，老板恐怕不答应。”

“肯定不会让我学，他怕我学会了，跑到别处干。”

长有心里一顿，随手找了个小萝卜娃儿，飞快地刻了一个海芬的头像，递了过去。

“呀，你真厉害，我得保存起来。”说着，海芬拿起娃娃，爱不释手地端详着，然后掏出手绢小心翼翼地包了起来，捂在怀中……

“咣当”一声，门外传来大厨老赵的大嗓门儿：“咋不长眼睛哩！”

长有拉开门一看，海芬刚才端的萝卜花盘落在地上，那些红的、白的、绿的、紫的花朵滚落了一地，残缺不全。

海芬愣愣地站在那儿，不知所措，大厨老赵正怒目圆睁。

长有一把将海芬拽回到小屋里，关了门，问：“哪个包间先上菜？”

海芬战战兢兢地说：“206 和 208。”

长有拿起身边的萝卜，连旋带掏，一眨眼工夫，刻成了两朵月季花，搁到小盘上，递给了海芬。

海芬送花的当儿，长有又找了个紫萝卜，刻了一朵大牡丹，然后削了两条绿萝卜皮，让它变成花叶，用大头针别上，又是一朵扑棱棱的紫牡丹。长有把它交给返身取花的海芬：“快送到 308 房。”

几天之后，海芬说:“长有，你人好，心肠好，对我也好……”

长有停下手中的活儿，看着海芬，沉思了片刻，从筐里拾起一根红萝卜，精心地刻着。不一会儿，一朵鲜艳的玫瑰花便呈现在海芬面前。

海芬激动地接过花儿，夸张地闻了闻。

长有轻声地问：“这个算数不？”

海芬故意扭过脸不看他：“不算数。”

长有站起身，拍拍身上的萝卜屑，把门一关，上前在海芬的脸上亲了一下。顿时，海芬的脸涨得通红，拉开门边跑边说：“算数！”

陷　阱

程斌是一个大学生村官。刚到顺水沟村上任那天，村里给他安排了一顿十分丰盛的晚宴。晚宴上，村干部老刘说："你是城里人，第一次到咱这深山，乡亲们的日子还不富裕，没有啥好招待的，只有这些野味，不知道你觉得可口不可口？"说着，指着桌子上的菜一一介绍起来：这是野猪肉，这是黄羊肉，这是锦鸡肉……老刘边说，边夹了一块黄羊肉放在程斌的碟子里，让他尝一尝。

程斌开始很高兴，但听着听着便皱起了眉头：桌子上的这些野味，大都是受国家保护的野生动物，村民们怎么没有一点儿法律意识？于是又把碟子里的肉送到了盘子里，对老刘说："刘主任，这些都是受国家保护的动物，咱们不能乱打乱猎呀，那可是犯法的。"

老刘笑着说："啥国家保护的，在咱这深山里不存在。告诉你吧，咱这顺水沟村山高沟深，啥动物都有。自古以来，我们都是靠打猎为生的，这些年政府禁了枪，我们就采取了别的办法，照样能吃上野味。"

程斌越听越觉得玄乎，顺口问道："不用枪还有啥办法？"

老刘看了看程斌，狡黠地说："后沟的杨法子在野物必经之路上专门挖了个陷阱，三天两头就有野物掉进去……"

程斌沉思了一会儿，说："过几天我去看看吧。"

几天之后，程斌在老刘的带领下，来到后沟组杨法子家，果然看见杨法子家里躺着一只野山羊。杨法子把他领到一个三岔口，扒开伪装的谷秆，一个黑洞洞的陷阱就呈现在了程斌面前。程斌弯腰看着陷阱问道："动物掉下去能死掉吗？"杨法子说："死不了，只是出不来了。我在那边挖了一个通道，进去用绳子把它们捆了拉出来。现在镇上的人爱吃活的，肉新鲜……"

程斌看着听着，眼前仿佛出现了那只无助的野羊在陷阱里挣扎。他顺着杨法子说的方向走过去，果然看到一个斜沟，下了斜沟，有一个栅栏门，打开栅栏门，可以进到深深的陷阱。程斌没有说话，慢慢地退了出来，和老刘一同回到了村部。

过了半个月，老刘到村部与程斌商量修路的事，末了埋怨说："唉，不知道咋搞的，最近杨法子运气不好，一个野物也没有逮住，大家的嘴都馋死了。"

程斌说："这样好啊，省得害糟了那些野生动物。以后给大家说说，不要再想着吃什么野味了。"

老刘无奈地摇着头。程斌给老刘倒了一杯水，示意他坐下，然后对他耳语了几句什么，老刘先是惊愕继而连连点头。

又过了几天，程斌让老刘把杨法子叫到村部，问他最近那个陷阱有没有逮住野生动物。杨法子叹了口气："不知道咋的了，自打你那天到那儿看了以后，再也没有逮住过东西，我就觉得奇怪了，你莫不是有什么法力？"

程斌说："法力，我当然有法力了，国家的法律就是最有力的法力。你们在后山里根本不学法不懂法，你设陷阱套住的那些动物都受法律保护，打死它们要被判刑坐牢的！"

杨法子低下了头，嘟哝着说："我们也知道一点儿，可到现在也没有人来这儿找我们的碴儿。"

程斌说："找到你们就晚了，现在你回去就给我把陷阱填了，不然的话我通知森林警察，明儿个就拘留你！"

杨法子一听，吓了一跳，忙说："你别叫警察了，我以后不干了，把它填了就是了。"

程斌笑了，会意地看着老刘。

当天晚上，程斌又召集村民开了个大会，讲解森林法律法规，告诉大家不但不能乱打猎，也不能乱砍树。他说，他通过了解查看，想了一个脱贫致富的办法，就是利用顺水沟山坡上到处都是红豆杉的优势，培育红豆杉树苗，对外销售，肯定能使全村人增加收入。

打那以后，顺水沟再也没有人设陷阱套野物，也没有人再有吃野味的念想了，而是一心一意在责任田里育红豆杉苗，然后由程斌在网上统一联系出售。三年之后，程斌届满返回城里，乡亲们到村头送别，杨法子也来了。程斌开玩笑说："杨大叔，我让你把陷阱填了，别怨我断了你的财路啊。"杨法子连忙说："哪里的话，自打我不套猎后，栽培的四亩树苗比套猎收入多好几倍哩，你也看到了，我的两层楼都盖起来了。"

这时候，老刘拍着杨法子的肩膀说："你不知道吧，程书记的父亲就是市林业公安局政委，他一来就看到咱们违法套猎的事。"杨法子不解地问："说来也怪，自打他来村里，我的陷阱就套不住野物了，到底是咋回事儿？"

老刘又是狡黠地一笑，对杨法子说："那是人家程书记每天早上五点起来打开你的陷阱栅栏门，把野物放走了。他告诉我，他放走的有梅花鹿，有黄羊，还有獐子，都是国家二级、三级保护动物。"

杨法子恍然大悟，拍了一下自己的脑袋，上前拉着程斌的手说："亏你放了，不然你一个电话给你爸，我这牢就坐定了。"

说完，大家都会心地笑了起来。

二伯的书屋

我们村被封闭在山窝里，不要问离县城叠了多少层山，就是到小镇也要走几十里的山路。外界的消息传来村里，许多人都觉得是传说、是神话。文化人能接触到的文字，除了学生们用的课本，就是村上唯一的一份晚到七八天的报纸了。

二伯却跟别人不一样，他有很多书。二伯读过私塾，他的书有私塾老师送他的，有“破四旧”时被人扔掉了他捡回来的，还有些是他出门在外访来的。于是，二伯那两间低矮的瓦屋，俨然一个图书馆，虽然那些书有的破烂不堪，有的残缺不全。

我的长辈们大多不识字，对那些书敬而远之。他们只有到了晚上闲下来的时候，来到二伯家围着火炕听二伯讲一些书中的故事。直到有一天，上初中的小来哥钻进二伯的瓦屋好久不出来，二伯问他："进来干啥？"他指着一摞书说："看看它们，它们太可怜了，没有人翻它们。"二伯两眼突然闪起一道亮光，他让小来哥招呼我们上学的孩子们都到他家看书，小来哥就跑到打谷场上喊我们。

打那以后，去二伯家看书便成了我们空闲时间最多的选项。

小来哥几乎挨着书摞取书读。从《三字经》《千字文》《百家姓》，到四书五经，还有一些戏本，他都仔细地看，有时候还和二伯讨论书中的内容。民子却不一样，专挑故事类的书读，《大八义》《水浒传》《隋唐演义》《白牡丹传》等，看了这些，到学校给同学们讲，身边总围着一群听故事的同学。

渐渐地，在这偏僻的山村里，读书成了一种风气。二伯家就成了一所"复式学校"，二伯就是老师，总是乐呵呵地坐在那儿看大家读书或回答大家的提问。

一天下午，小来哥突然问二伯："过去真的有北瓜吗？"二伯愣了一下，笑着说："是不是在看《刘全进瓜》？戏本上说的，原有冬瓜、西瓜、南瓜和北瓜，因为刘全为了救死去的妻子，把人间的北瓜行贿给了阴间，就没有北瓜了。"说完，居然摇头晃脑地背起了剧本里的唱词。

一九七七年秋天，在镇上上高二的小来哥参加高考复习，周日，他从学校回来就跑到二伯家里看书。二伯问他："小来，想不想上大学？"小来哥不假思索地回答："想。"二伯把书从小来哥手里拿走，然后让小来哥跟着他出门。二伯带着小来哥翻过分水岭，穿过四十五里骡子沟，来到岭南栾庄，半夜敲开了一户姓仝的家门，借了一本书，鸡叫三遍的时候才回到家里。二伯说："这本书是历代科举状元的应试文章，你只要能把这本书看精，保管作文吃满分。"

三个多月后，小来哥果然考中了省里的一所重点大学，他的作文虽然没有得满分，却是我们县里的第一名。小来哥上了大学之后，村里的学生们学习更努力了，到这间烂瓦房里读书的人更多了。有的能读一个整夜。

小来爹从镇上买了两瓶老白干，提了一篮子鸡蛋，来到二伯家说："二哥，读了你这些书真的就能上大学？"二伯笑了："我可保证不了他们个个都能上大学，只是让他们读书是引导他们对文化感兴趣，能读进书的孩子，上不上大学将来都比别人有出息。"说完，两个人"咣当"一下，碰了一杯酒。

一九七九年七月，山里突降暴雨，猛涨的百花河水被磨盘沟口的大青石撞拐了弯儿，漫过淀池扑向我们小村，天亮时二伯家的南院已积了一米多深的水。生产队长带着男女老少到二伯家抢险，还没有进院，就听见"扑通"一声，二伯家的两间瓦屋被水闷塌了，成了一堆瓦砾。

"二哥！"生产队长大叫了一声，指挥人们扒开烂瓦，拿掉椽子，终于看到了二伯。但是，人们看到的二伯，只是一位紧抱着一摞书、没有了呼吸的老人……

二〇〇九年，是二伯去世三十周年。清明节前，在省社科院当研究员的小来哥提议，让我们读过大学的人都回乡给二伯上坟。二伯的坟头，齐刷刷地站了二十多个不同年龄的文化人，大家在小来哥的口令下，恭恭敬敬地向二伯鞠了三个躬。

爱情傻瓜

四年前，我独自一人进城闯荡，跟着旺哥学木工，两年后就出师了。现在我带了两个徒弟投靠在一家装修公司，按二八分成的协议，公司承揽的一切装修中的木工活全归我。我每天带着两个徒弟早出晚归精心装修，虽辛苦些，可一年下来少说也赚十来万。

我和徒弟们每天面对的是电锯、木板、空气锤，虽有干净之心却满身污灰，下班时骑着一辆破自行车，市民们看见我们都躲得远远的。唉，这些人看不起劳动者，他们也不想想，住的干净豪华的单元房是从谁手中装饰出来的。

眼看二十七八岁了，没有一个女孩拉过我的手。每天在去工地的路上，总希望会发生一些事，比如一个漂亮的女孩在我面前遇险，我可以冲上前英雄救美，以至于最后成为我的妻子……唉，梦总是梦，我虽然望眼欲穿，到如今连一件这样的好事都没碰上，哪怕是个不太漂亮的女孩也行，从来没有。

徒弟老三笑话我说："师傅，你这样守株待兔怕是不成，得主动出击，不然真要打光棍了。"

老三的话我起初不听，我这么优秀的男人能打光棍？可是，有些事不由你不信。我心有点儿慌了，急切切地寻找目标，只要有一线希望我一定不会放过。

终于有一天，我的爱情树被风吹动了一下。给我供货的琳琳那天在我验收木板时，盯着我看了许久后突然冒出一句："你挺可爱的嘛，以前怎么没发现。"我的灵感一下子飞了起来，定定地看了她一分钟，然后非常认真地问："真的？"

琳琳说："你这人看似平淡心里却有波涛，嫁给你一定很幸福。"

丘比特的箭要射中我了，我晕乎乎的，对琳琳说："那你就嫁给我吧，我一定让你幸福。"

琳琳指着一车的大木板："你把它搬到店里再告诉你。"

这不正是我表现的时候吗？我看了一眼两个徒弟和装修的房主，夹克一脱就干了起来。五十块沉重的木板被我一一卸下，再扛进店里码放整齐，琳琳说话了："想得美，下辈子吧！"

徒弟老三说："师傅，她涮你，你跟她没完。"

我拿了衣服往肩头上一搭还没说话，琳琳又开口了："傻瓜！"

"师傅，他骂你傻瓜。"老三嘴尖，老不服气，我拍了一下他的背，给琳琳一个鬼脸，走了。

第二天，琳琳打电话："傻瓜，在干吗？"

我一愣，随口说："想你哩！"

琳琳说："谁信！"

我说："不信算了。"

琳琳想了一会儿："晚上请我吃饭吧！"

我说："行行行行行……"

晚上我们吃饭喝干红又蹦迪，累得骨头都要断了，可心里却偷偷地乐着。

我和琳琳的关系几乎一日千里地发展着，眼看就要大功告成，却节外生枝了。那天，我替另一家房主选材料，琳琳把一堆曾被别人退了货的木板要我推销给房主，我当着房主的面说："这些木板甲醛超标了，不能要。"琳琳气得脸色铁青，等我选好了另一家的货后，我接到了她的短信："你完蛋了！"我把房主送走，敲开了琳琳的店门，琳琳冷着脸不说话，我说："咱做人要对得起良心不是，你要把超标的板子卖给人家是坑人。你知道吗，有一家使用了超标的木板，半年后他七岁的女儿得了白血病……"琳琳不看我，愤怒地坐在那儿，我看这样不行，得做出点自我牺牲了。于是，我往她跟前的地上一坐："你不说话我就不起来！"我坐了两个小时，直到琳琳把那包瓜子嗑完，才猛一转身："傻瓜，人家在试你的良心！"

原来琳琳也有良心，我激动万分，差一点儿把她抱起来。

后来，老三知道我静坐的事，笑话我："师傅呀，你真成了傻瓜啦。"可我不在乎。

我和琳琳准备国庆节结婚，我开始幻想着和琳琳手挽手踩着音乐的节拍慢行着，然后她看着我，让我当着所有客人的面向她表白——这一切都像电视剧中的剧情那样既亲密又自然。可是那天夜里我正做着美梦，琳琳打来电话："救我！"我不知道发生了什么事，一脚把两个徒弟蹬醒，拉着他们就往建材市场跑。琳琳店铺所在的一排房子黑烟滚滚，一片火海。消防队员正在往火里打高压水枪，我大叫一声："琳琳！"便扑进火海，闭气摸索着。火焰烤得我全身难受，衣服也开始冒火苗，我全然不顾，抱起着火的一块木板，拉出了琳琳……

我们结婚的日子推迟了三个月。洞房之夜，琳琳依偎在我的怀里，捏了一下我那被火烧变形的鼻子问我："恁大的火也敢往里钻，你真是个傻瓜！"

我嘿嘿一笑："我现在觉得，这傻瓜傻得值。"

荆老师

我们学校是复式学校，三十多个学生在一个屋子里读书。老师是一个二十七八岁的男人，他叫荆振平，邻村人，说话土里土气的，给一年级念完课本后让他们写生字，再给二年级讲算术，讲完算术留几道算术题，再给我们三年级讲课文，总是忙忙碌碌的。荆老师有些邋遢，衣服脏不拉叽的，头发因为不常理也不梳，显得很凌乱。最让人受不了的，是他一放学就上山拾柴，周日也要把我们三年级的学生带到山坡上拾柴，他把拾回来的柴利用课间工夫用斧子劈整齐捆好，再借村里的架子车拉到十五里外的镇上卖掉。我们不喜欢跟他上山拾柴，就背后里叫他贪钱的老师。因为我们看见，每次卖了柴，他舍不得给我们买一个烧饼，总是把钱装进自己的兜里，真是精老师！

我们的学校是二十世纪五十年代盖起的土房子，因为临河，一年半以前的暑假中被洪水冲塌了，只好借用生产队的仓库。据说，荆老师找了村干部好多次要求把学校换个地方，村里这才研究将学校往坡根的地方挪了挪，村里出义务工将学校盖了起来，可门窗没安、厕所没修，一片狼藉没有人管。据说，荆老师曾威胁说要是村里再不管，他就离开这个学校到别的地方去，可村支书向他诉苦说，村里实在没有钱买砖买瓦，让他先对付一段时间。

这一对付就是一年多。

荆老师还是天天放学去拾柴，周日再把我们带上山去。山上的栎子树有很多死掉了，他拿斧子砍倒，再截成段分给我们背。因为我们处在很深的沟里，山坡上没有路，大家总是艰难地在荆棘丛中费力地钻来钻去。有一次，我被五味藤绊倒了，柴压在了我身上，同学将我身上的柴掀开，把我拉起来，我就坐在坡上大哭。荆老师过来给我擦着泪，哄我说："男子汉，别哭，你现在这么辛苦，将来一定会有出息的。说不定将来你去城里工作，那儿有高楼，还烧煤，再不用拾柴了。"我慢慢地止住了哭，他将五味藤用斧子砍掉，给我们打开了一条通道，重新将柴搬到我的肩膀上，鼓励我背下山去。

半路上我们将柴放下休息时，一个同学说："荆老师真会骗人，为了给他挣钱，让我们受罪，还说什么将来进大城市，哼！"

我擦着泪痕问："他说的会是真的吗，大城市不用烧柴？"

"肯定骗咱们的，不烧柴烧什么？我饿了，咱们把柴扔到这儿回家吧？"同学提议。

我看看远处山坡上走动的同学，担忧地说："怕明天荆老师罚我们站。"

同学说："就你老实，罚站不比背柴强，反正我不背了。"说完，他把柴一扔，走了。

我也索性将柴往地上一推，跟着他跑了。

第二天，我看见我和同学扔在半路上的柴出现在学校的柴垛上，另一个同学告诉我，荆老师昨天跑了好几趟，回来时天黑得看不见了。我心里一惊，准备好被荆老师罚站，不料，他一天都没有提这事。

我们终于熬到了暑假，我们知道一放假老师就管不了我们了，而且再开学我们升四年级就换到完小，不再来这个复式学校了。放假这天，我们十多名三年级学生像是解放了，欢跳着离开了学校。

荆老师却没有回家，他利用一个学期，请了木工，又买了些砖瓦和漆，将新校舍的门窗做好安装上，刷了漆，还做了两块大黑板和十多张课桌（凳子是学生自带的），又在校舍后面修了个漂亮的厕所。

那天晚上，我听见父亲对母亲说："那个荆振平真可以，他把拾柴攒的钱全部用在了新学校上，下个学期丫丫就不用在生产队仓库读书了。”

丫丫是我的妹妹，下学期她升二年级。

忽然间，我才知道荆老师贪钱是为了什么。随着父亲的话，荆老师辛苦拾柴的情景浮现在我的眼前，同时出现的，还有我和同学扔掉柴的那一幕……

我们做些什么吧

盆里的炭火烧得正旺，整个屋子里暖融融的。耿新田和媳妇坐在被窝里，一遍又一遍地数着钱。三万八，无论怎么数，这个数字也一直没有变。媳妇说:“存起来吧。”耿新田没吭声，若有所思地望着被子上的几沓钱，又看着喜形于色的媳妇。

夜深了，外面的雪落得很厚。一阵风刮过，透过窗户的缝隙，钻进屋里。媳妇挪了一下身子，把窗帘拉紧，又拾起床角的刷子靠到窗帘上，然后对男人说：“你说话呀。箱子里还有三千块现金，要不我补上两千块，正好四万，明儿个还存个定期吧。”

“先别急，我想想。”耿新田终于说话了。但只说了这一句，往下便又塞住了。

媳妇拨弄着钱，等得急了，催他:“看你，这还有啥想的。”

“我们做些什么吧。”耿新田用征寻的目光望着媳妇。

“做啥？房子是新的，小车也买了一台，还缺啥？”媳妇反问道。

是啊，这些年农村的经济活起来了，家家户户的收入不断增加。像他耿新田吧，种了三亩烟，又栽培了八千袋香菇，媳妇还在村头开了个小卖部，一年下来收入十来万。冬闲，他还带着村里的人到表弟的高速公路工地包活儿干，这不，干了一个冬天就拿回了三万八。现在房子盖成了两层楼、小单元，家用电器一样不少，夏天还买了一台小排量轿车。儿子、媳妇在县城中学当老师，挣着工资，更不需要他们资助。你说，老耿还想做些什么？

耿新田沉思良久，给媳妇解释说：“我不是那个意思，你看，咱们该有的都有了，银行还有不少存款，钱嘛，足够用的了。我们不需要钱，可还有人需要钱，往常日子都紧巴，没法帮衬，现在咱能拿得出手，该不该帮一帮别人？”

媳妇听出了话的意思，说：“帮谁，咱村里哪一家缺吃少穿了，不都差不多吗？”

“村里是没有太困难的人了，我上午从镇上回来路过敬老院，看见二三十个老人蹲在墙脚晒太阳，你想想，他们的屋里要是暖和，何必在外面蹲着？”耿新田说着，给媳妇掖了下被子。

“你说，咱们给敬老院做些什么？”媳妇若有所悟。

耿新田说："是呀，这人嘛，都有老的时候，咱们的父母下世得早，那会儿日子过得紧，没有好好孝敬他们，现在手头宽裕了，拿出点儿钱给那些孤单的老人取个暖总是能做到的。"

"我也不是个糊涂人，跟着你过了半辈子，知道你心肠好。你说咱们为他们做些啥？"

"你看这样行不行，咱们拿出两万块给敬老院，让院里给老人每人添上一床新被褥，添一身新棉衣。"

"咋不中，谁都知道这是积德行善的事，我会拦你！"媳妇看了男人一眼，从被子上拿了两沓钱递给男人。

耿新田说："不，你别给我，明天你拿着钱，咱俩一块去送。"

"我也去？"

"咱们是两口子嘛，办好事当然要一块儿去了。"耿新田笑了。

"好，我把这钱装着，明早咱们一块儿去。"说完，媳妇快速地整了整钱，把那两沓钱用皮筋扎好，又用手绢包了，装进了棉衣兜里。然后拉灯睡下。

灯一熄，火盆里的火炭显得更红了，整个屋子里暖融融的。

第二天一大早，耿新田扫完院里的积雪，就和媳妇拿着钱往镇敬老院走去……

诺　言

乡村里的小孩爱玩过家家。那一次，平和莲与小伙伴们到野外打猪草，有人提议说“咱们过家家吧”，于是，平和莲就当上了“两口子”，尽管他们都是刚满十岁的小大人，却像村子里娶新娘那样，坐在石板上演绎着“结婚”的过程。毕竟是孩子，入了玉米秆做的“洞房”之后，都不知道要说些什么话，只好呆呆地站在那儿。有调皮的伙伴对平说：“平，你总得说些啥，得表示表示。”

平的脸憋得通红，吭哧了好一会儿，才对莲说：“莲，我喜欢你，我要保护你一辈子！”

莲听了这话，就像真的新娘扑在了平的怀里。大家都说好，然后相互发誓，这事不能让大人们知道。

虽然是假的，但平把自己的话当真的了。一个月之后的星期天，他们又一次到野外打猪草，莲正弯腰拔猪耳朵叶时突然惊叫了一声，不远处的平赶紧跑过来看，一条菜花蛇挺着扁头企图向莲发起攻击。平奋不顾身用手中的竹筐往前一挡，把莲推到了一边。那蛇不甘示弱，猛然回身绕过竹筐在平的腿上啃了一口，平大叫一声躺在地上，蛇跑了。

还好，菜花蛇的毒性不大，平被家人背回来，叫了村医将蛇毒吸了出来，在家躺了一星期就没事了。莲很感激平，每天放学回来都来看他，还上坡沟里采些野樱桃给他吃。

现实终归是现实。十年后，平和莲都到了成婚的年龄，却并没有走到一起。莲和平都是独生子女，莲的父母要求找一个上门女婿，而平的父母决不答应儿子入赘别家，于是各忙各的，莲在陕西丹凤找了个憨厚的小伙子上了门，平也在外村说了个媳妇结婚了。

他们都是庄稼人，有了各自的家庭后，每天都忙着自己的生活，相互间基本上断了来往。

一天，平到后沟背柴回来，打莲的院外路过时，听见莲与男人的吵闹声，平就将柴捆放在土坎上静静地听。当他明白那男人正在打莲时，想也没想就闯了进去，一把捏住男人举起的拳头说：“男子汉咋不讲理？打女人是啥本事！”

莲的男人正在气头上，指着平说：“我打我的女人，你算哪根葱？来我家掺和！”

“有本事多挣些钱，盖座好房子，在家里欺负女人算个啥！”

平劲儿大，一下把莲的男人扛到一边，拉起莲，又对那男人说，“再敢打她，小心我废了你！”

当天晚上，这事就在村里传开了，平的老婆很生气，埋怨平为啥去管人家莲的事，八竿子打不着，还惹得一身臊。平憋不住了，说：“我以前对她许过愿。”

“啥愿？原来你俩有一腿！”平的老婆开始爆发了。

平觉得失了嘴，赶紧解释说：“是小时候玩的，她老受人欺负，我说我要保护她。”

平的老婆泄了气：“都多大了，你还保护人家，你不知道村里人闲话多吗？以后别干傻事了。”

平也觉得自己太莽撞了，不该跑到人家家里管闲事，于是再见了莲的男人，觉得不好意思，主动与他和解了。

二〇〇七年七月三十日早上，山里突降暴雨，一个多小时就下得山洪暴发。莲的院里架着几千袋香菇，后山的水翻过院外的石堰漫进了院里，将一部分香菇冲走了。莲与男人跳进齐腰深的水里抢拾香菇袋，不料一个浪头打来，将莲卷入主河道中。莲惊呼一声，已被洪水冲出二三十米远，挡在了一棵老核桃树干上。莲紧紧抱住核桃树，好几次差一点儿再被浪头卷走。莲的男人愣愣地站在院里，不知所措。

平突然出现在他的面前，毫不犹豫地脱去上衣和鞋子，找了一根绳子一头塞在莲的男人手上，一头拴在自己的腰上，扑进了水里。

平游到莲的身边，将绳子拴在她的腰上，把住树高声对莲的男人说：“快拉！”

莲的男人把手中的绳头绑到檐下的柱子上，使劲将莲拉了回来。莲刚站定就看见平和那棵核桃树都被洪水吞没了，莲大叫一声“平”后昏了过去。

几天之后，莲和男人跪在平的坟前。莲哽咽着说：“平，小时候你说你要保护我一辈子，我以为你说的小孩儿话，没想到……”莲说到这儿，已经泣不成声了。

钉子户

城中村改造的拆迁工作在市建委紧锣密鼓的行动下接近尾声。推土机、挖掘机不到一周时间就将一座座破烂陈旧的房屋推倒，于是，曾经人声鼎沸的地方，一眨眼就变成了一片瓦砾。一些怀旧的人怀着复杂的心情盯着突突直响的推土机，还有几个摄影师，企图留住一些往日的痕迹，不停地抢拍旧建筑的照片。

废墟中间那个小岛仍然孤零零地站着，开推土机的小伙子停了机器爬出来对拆迁队长说："队长，咋办？"戴着红色安全帽的小胖子队长瞪着眼睛，给建委主任打电话："我是拆迁队的老马，这家钉子户还没搬，干脆推了算了。"

建委主任坐着车过来了，下了车直奔这个锁着房门的小岛，透过窗户往里看了看，里面的家什都搬走了，只剩下一个旧木箱子、一张床和煤火炉子。建委主任说："你看，房里也没有什么值钱的东西，这会儿老太太没在家，就算我不知道，你推了算了，回头给她再补些钱。"

建委主任说完，就往小车里钻，拆迁队长对驾驶员耳语了几句，驾驶员又爬上推土机，一发动向那个孤岛冲去。

"停下！"忽然，一句断喝，声音盖过了机器声，一位白发老太太将手中的莴笋和一把蒜黄往地上一丢，不顾一切地冲到房屋门前，就地一坐，举起双手："谁敢推我家的房子，就先把我推死吧！"

机器停了，刚钻进车里的建委主任无奈地又下车，与拆迁队长一起走过来。

"老太太，这是市里的统一规划，你儿子已经签了协议，你不能这样不讲理，影响了整体拆迁可是大事，我没法向市领导交代，你就让一让吧，房里的一切我们会补偿你的。"建委主任一字一顿地对老太太说。

"这房子是我的，我儿子签了不算数，我也不管你交代不交代领导，反正你不能推我家的房子。自古以来，皇上也不能乱扒百姓的房子！"老太太坐着不动。

建委主任下了狠心："那我们今天就得罪你了，马队长，来几个人把老人抬走！"

马队长一招呼，来了几个彪形大汉，上前抬起老太太就走。

老太太突然身子一软，两眼翻白，不出气了。壮汉们赶紧把她放下，建委主任和马队长也慌了神，派人到附近门诊部叫来一位医生。医生用银针在老人的人中上扎了一下，老人呼的一声醒了，坐了起来。

医生说："老太太年纪大了，急火攻心，休克了。让她歇一会儿吧。"

建委主任摇了摇头，对拆迁队长说："先停下，出了人命我也负不起责任。"

拆迁工作就此停下。

几天之后，市城中村改造工作联席会议在政府小会议室召开。建委主任把钉子户的情况向市领导做了汇报后，市长有些生气："拆迁本身是为了再造，得做好工作，不能硬来。既要让工作往下做，又不能伤害群众的感情。"

建委主任两手一摊："啥工作都做了，啥方法都使了，不管用。"

市长没有说话，散会时叫建委主任留下，对他说："走，引我看看去。"

老太太正在破屋里煮面条，市长一进来，建委主任就话里有话地对她说："老太太，这是市长，他来看你来了。"

老太太说："我家穷，没地儿坐，你们站着吧，别说拆房子的事。"

市长看到锅里滚着的面条，拿了双筷子搅了一下："老人家，多大岁数了？"

“七十九。”

“看这房子至少也有百十来年了吧？”

“有了，我嫁到这儿的时候就是这样子，唉，谁让俺们百姓穷呀，住着破房子，没钱买新房。”

“可我们想给你盖新房，你老不让我们盖呀。”

老太太突然盯着市长：“我咋不让你们盖了？”

“你看，社会发展了，很多人都住上了单元房，里面有厕所、水管、暖气、电视电脑线，可就这儿还是老房子老户，不方便。所以我们要给大家办实事，就想给咱们盖新房子，村里的人每人有份儿。盖新房不拆掉旧房烂房，没地儿盖呀。”

……

“我保证一年以后，让你住上宽敞明亮的新楼房，跟大家一样。”

……

“你说说，我们的想法是对的还是错的？”

“当然是对的了，不过，谁知道你说的真的假的，他们怎么没跟我说过这些。”

市长看了建委主任一眼，建委主任低下了头。

老太太捞了两碗面条，说：“我这家里从来没有来过你这么大的官，你能吃我煮的面条吗？”

市长端起饭碗就吃起来，边吃边与老人拉家常，就像儿子与母亲一样说话。

第二天，老太太用布包着老伴的遗像离开了家。拆迁队马队长手一挥，推土机轰鸣着开了上去，几分钟光景，孤岛变成了平地。

一年之后，老人在儿子、儿媳妇的簇拥下，搬进了崭新的单元房……

旅　途

报社组织一次沿黄河采访活动，分了三组，轮到我时，就到了最下游。我带着长顺和新闻系实习生小姚先在河南边采访了一些乡镇企业，然后安排过黄河到山西采访一下能源开发。我们匆匆地吃了顿午饭正要走时，带的面包车却出了毛病，司机急得满头大汗也修不好，我们临时决定让司机留下修车，大家坐公共汽车，从黄河大坝下游的钢桥上过去。

起初车上有不少乘客，到了河边只剩下五六个人了。我看了一下车厢，除了司机和女售票员，还有一对夫妻和一个戴着厚棉帽的兵。那对夫妻坐在司机背后，两人相互依偎着睡得正香，只有兵端端正正坐在中间的位置上，眼睛不住地往窗外观望。

我有个睡午觉的习惯，外出了自然就没有了睡觉的条件，坐在车上一摇晃禁不住就闭上了眼睛，迷迷糊糊地睡去。

车已经过了钢桥，顺着黄河边的陡峭山坡怒吼着往上爬。

我醒来了，本能地往身后看去，下面是滚滚的黄河水，有一种命悬一线的感觉，手心里便捏着一把汗。车终于爬上了山顶，又往一条沟里下坡，我又开始闭上眼睛打盹儿。

不知过了多长时间，车“咚”的一声停了下来，把我的头磕了一下。我正想发火，司机却先说话了：“妈呀，坏了！”我赶紧坐起来，问怎么回事儿，司机说路面有冰，没刹住车，溜到河里了。车门一开，果然有浑浊的水灌进了车厢里，大家立刻用拖把堵住水，关上车门。司机把油门踩大，车吼叫着往出冲，但越冲陷得越深，连排气管都淹了。那对夫妻相互看了一眼，男的埋怨说：“你咋开的车嘛，这咋办！”

司机也不说话，企图将车往后倒，但河道有冰块，车轮打滑，倒不过去。司机也急了，说：“谁下去帮个忙，把车轮下的冰块搬掉。”

大家都透过车窗往外看，那是一尺多深的冰水，没有人说话。

“当兵的，这会儿看你的了。”漂亮的女售票员把长发往后一甩，看了一眼兵。

兵脱了鞋，将绿色的袜子塞进鞋里，然后打开车门跳了下去。我看到，兵的脚在跳进水里的一刹那，他的面部抽搐了一下。我们不寒而栗，看着兵一块块将碾裂的冰坨子搬起来，扔到远处。

兵上来的时候，脸色是紫的，我把拖把捂到他的脚上擦了擦，他感激地看了我一眼，然后准备穿袜子。

司机靠着后视镜开始倒车，倒了一米远的距离加大油门往前冲，不料不但没有冲过去，反而车身向右歪了过去，车厢里的人都吓得叫了起来。

司机没招儿了，静静地坐在那儿点了一支烟抽。因为车斜着，我们也坐不成了，被要求到外面，可车下是冰水，都不想脱鞋可又跨不过去，正在踌躇间，售票员又发话了：“当兵的，你把我背出去。”这一回，她眼里含了一丝的柔情。兵犹豫了一下，提着鞋子走到门口，将售票员背了起来，蹚进冰水里，再将她放到不远处的荒草地上。

兵看了看我们的小姚，再一次跳进水里，将背对着她。

小姚看了看我，似乎在征求我的意见。我点了点头，她就趴到了兵的背上，也被背了出去。刚才埋怨的男人喊道：“当兵的，还有一位女同胞，背出去吧。”兵放下小姚，打了个寒战，转身背过了那个女人。

男人们开始脱鞋，这时，兵又一次返回来，将背对着我们。

我有点儿不忍心，说：“我们自己出去吧。”可兵没有动，依然弓着腰，两腿在发抖。

“那就让他背吧，马上他的脚冻坏了。”长顺说着，先趴到了兵的背上……

当我们都出了车厢，小姚已经找来了些干玉米秆点着了火，打算让兵烤一烤脚。兵嘴唇发紫，牙齿打战，走过来刚抬起一只脚，身子一斜就倒了下去。小姚眼疾手快，将兵抱住了，从包里掏出一本杂志铺在地上，让兵坐在上面。

司机到不远处的村庄里找了一辆拖拉机，用钢丝绳将车拖了出来，天擦黑的时候我们终于坐上车开始往县城去。

车到一个村庄，兵突然说话了："我要下车了。"

车停下并打开车门的时候，兵下了车，然后微笑着向小姚点了点头，一瘸一拐地进了村子。

车上的人开始说话了："这个兵真不错，要不是他，我们都要跳进冰水里了。"长顺说。

"那他得下水哩，谁让他是当兵的呢。"售票员的话接得很快。

"兵也是人！"小姚说这话的时候，送给售票员一个鄙视的表情。

戚夏至救人

黄河商场的星期天总是这般繁忙，一浪高过一浪的喇叭声里，播放着商场商品降价处理的信息，店主们不惜用“放血”“跳楼”的字眼吸引顾客的注意力。而熙熙攘攘的顾客这会儿或在商铺前挑挑拣拣，或与店主讨价还价，真可谓热闹非凡。

进城打工的戚夏至正在为一家商铺改造门面房，他扛了一袋水泥放到门口，可来来往往的顾客使他无法兑水和泥，急得他站在那儿不停地拍打身上的水泥灰。人们一见戚夏至身上的灰尘飞了起来，个个掩着鼻子，鄙夷地看着他。还有两个漂亮的女孩躲开灰尘后，骂了一句：“乡巴佬！”

戚夏至听见了，转身憨憨地笑了一下，往铁皮板上的水泥里倒了些水，用瓦刀和起来。

正当他聚精会神地和水泥时，忽然看见商场里的人乱哄哄地往外跑，并且个个神色慌张。一个妇女经过他身边，拉了他一把："商场失火了，快跑！"

人群四处乱奔，戚夏至却没有跑。他后退几步，观察了一下远处，看见一家店铺黑烟滚滚，赶紧丢下瓦刀往冒烟的地方奔去。

这是一家杂货铺，批发日用品和小型电器，可能是电线短路引起火灾，焦味呛鼻子，火舌伴着黑烟从店里直往外冒。店主是一个四十多岁的啤酒肚男人，正无助地往火苗上泼水，可那火势太烈，真是杯水车薪。

已经有几个人在组织扑火，他们个个挽起袖子，扎着实干的架子，可对突突冒出的火焰无能为力。这时候，啤酒肚店主突然不泼水了，腿一软跪在了地上："妈呀，她要被烧死了，我的妈啊！"

所有人都听明白了，火海里还有一个人。

有人急切地问："火警怎么还没来呀，急死人了！"

店主说："消防车进不来，他们也没办法，这下完了。"

人们乱了阵脚，一名大汉着急地指着身边的年轻人："快呀，进去把人救出来！"

那人后退了一步。

大汉又指着另一个："进去救人呀！"

那人没后退，却说："这么大的火进去不是找死！你咋不进去！"

大汉自知理亏，焦急地看着眼前的一切，却不再说话。突然看见戚夏至，正要抬手指他，戚夏至一个箭步冲进了火海中。

炽烈的火焰烤着他、烧着他，他一下趴在了地上，迅速四处摸索起来。当他听见墙脚处有咳嗽声时，不顾一切地爬了过去，一把拽着那人的衣服，拼力把她拉了出来。刚冲出火海，两人都倒在了地上，只听见店主叫了一声“我的爷啊！”，便昏了过去。

戚夏至醒来的时候，已经躺在了市医院的病床上。他的手在摸索救人时烧伤了，头发烧焦了，还好医生说是浓烟呛昏了，内脏没有大碍。而被他救出来的那个营业员也躺在同一个病房里，她的头发同样烧焦了，身体多处受伤，但神志清醒，没有生命危险。

戚夏至成了火海英雄，第一个进病房看望他的是市长。市长送给他一束鲜花，表扬他是见义勇为的好青年。

市电视台记者对病床上的戚夏至进行了现场采访，记者问他当时为什么敢进火海救人，戚夏至只是看着镜头不说话。记者说：“你就对观众说几句吧。”戚夏至还是不说，这时连医生、护士都鼓励他说几句，戚夏至才用极浓的乡下土话说：“看见那火烧得真大，里面还有人出不来，可他们都不去救。我是山里人，打小被水淹过，也从崖畔上摔下来过，死过好几回了，我不怕……”

一位住院的老人说：“娃说的是实话。”

当晚，电视上播出这条新闻时，只有市长慰问的话。

没有故事的夜晚

这真是个鬼地方！一连找了六七家旅馆全都住满了，我们实在累得不行，加上风雪交加，双腿像灌了铅，都后悔不该玩新鲜跑到塞外拍“谁也拍不到的好照片”。

我们迈着沉重的双脚继续往前探询，以期找到一家温馨的旅馆，泡泡脚喝杯热茶，然后呼呼地睡上一觉。夏莉的意志看样子就要垮掉了，她走着路都想打瞌睡，差一点儿撞上了路边的一棵老槐树。

我们敲开了镇子上最后一家旅馆的大门，开门的是一个中年妇女，看见我们摇摇晃晃的样子，略显惊奇，一闪身把我们让进了院里。

“老板，有地方吗？”我扶着夏莉，几乎用乞求的口吻问她。

女老板给我们一个天外之喜：“有，有地方，快进屋吧，看你们身上都落了雪，先暖和一下。”

我们四个人乱了秩序，都抢着往客厅里挤，那样子非常狼狈。

女老板拿来一把刷子，我们相互替对方扫掉头上、肩膀上的落雪，又在地上狠劲地跺了跺脚，这才去登记。可是，尴尬的事情又出现了，旅馆只剩下两个小房间，因为条件太差，每个房间仅摆了两张八十厘米宽的小床。这就是说，我们三男一女四个人无法入住，因为大家虽然是“色友”，可毕竟临时凑合来的，谁能与夏莉同房？简直是玩笑！

夏莉突然说了一句令大家都意想不到的话：“不住就得睡野外了，我决定你们三个人中的一个跟我住一间屋子。”

不是吧，这女孩年龄不大居然如此胆大，令我们三个男人吃惊不小，我们定定地看了她足有一分钟。范玉祥还用怪怪的眼神上下打量了一番夏莉，指着何鹏说：“咱们两个猜拳，谁赢了谁去。”何鹏坏笑了一声:“那，老疙瘩呢？”范玉祥看看我，说：“咱俩的胜家再跟他拼一下。”

我除了数码机子外，总带着一部老式尼康相机，背在身上多出一个疙瘩，他们三个人就开玩笑叫我老疙瘩。我还没有说话，夏莉却又开了口：“你们两个别臭美了，我就跟老疙瘩睡，分手！”夏莉说话像吃炒豆子，嘎嘣带响，说完转身拉了我一把，进了左边的那间屋子。

夏莉挑我跟她住一间房真让我始料不及，这地方、这条件、这夜晚，可真让人难忘啊。

夏莉倒了两杯水递给我一杯："你不准想歪，井水不犯河水，要不明天看我让他们两个怎么收拾你！"

我的心咚咚乱跳，喝了一口水赶紧拿来脸盆兑了半盆温水端过去："你放心，累成死猪了，想坏也坏不动啦！"然后做了个鬼脸，跑到院角的厕所方便。

何鹏正蹲在那儿，见我进来哼了一声："你小子有艳福，这可是哥们儿给你的机会，回去得请客。"我方便完，看见夏莉泼水也往这边走来，踢了一下何鹏，不让他再说话。可这家伙误解了我："没带套吧，我包里有。"我又狠劲踢了他一下，听见女厕那边传来流水声，赶紧往房间走，给自己也兑了半盆温水，泡脚。

夏莉回来把被子一展，脱了外套钻进去睡了。不一会儿，传来她均匀的呼吸声。

我洗完脚，把门锁好，关了灯也往被窝里钻。刹那间看了一眼咫尺间的夏莉，想起白天她那撩人的眼神和挺拔的胸部，总让我们想入非非的情景，禁不住有一种冲动，可这念头仅仅在大脑里停留了两秒钟，就闪走了。我用手狠狠地拧了一下自己的大腿，悄悄蒙头睡去。

因为疲劳，几分钟后我也进入了梦乡，醒来已经天大亮了。

早饭的时候，夏莉问范玉祥和何鹏："你们两个怎么木呆呆的，像是没睡醒，怎么回事，昨晚没睡好？"

何鹏搓了一把僵硬的脸，说："都没睡好，你们两个也没睡好，我肯定。”

“放屁，我们不到五分钟就睡着了。”我理直气壮地说。

“真是的，这叫什么事啊！”范玉祥瞪了何鹏一眼，“人家一男一女倒安安稳稳地睡了一夜，咱俩还在那儿瞎操心，一直都在猜测会发生什么故事，弄得一整宿没睡觉！”

“噗！”夏莉把喝进嘴里的稀饭喷了一桌子……

墓　地

老人气喘吁吁地站在石门口的乱石堆上，看了看前面的山和身后的村子，说："就在这儿吧。"

青年也看了看前面的山和身后的村，嘴里嘟哝道："这有啥好的，到处都是石头窝，一点儿生机也没有。再说了，村口的风这么大，选这个地方，不好。"

老人叹了口气："小伙子，你不懂啊，只要能回来，哪儿都是好地方。"

青年说："为什么非要回到这山窝窝里？像你们这样的大干部不都是在像八宝山那样的地方吗？"

老人说："我呀，打小离开村子，前半辈子闹革命，后半辈子搞建设，几十年不回家，父母从生病到去世，都没顾上回来看他们，心里有愧啊。所以我想，活着回不来，将来死了回来也算尽个孝吧。”

“那为啥不和父母埋在一块？”青年追问了一句。

“父母的坟地占的是祖上的地，那是耕地，我一辈子没有给村里做过啥事，哪能占好地？”

“你也是老革命了，你当年闹革命是为全国百姓，不也包括你们村吗？”

老人答非所问地指着石门风趣地说：“我埋在这村头，可以为村里人把门当哨兵，年轻的时候我在部队就是个好哨兵。”

说着，老人找了一块平面石头坐了下来，望着身边熟悉又陌生的村庄，心里充满了愧疚……

三十多年前，他在省教育厅当副厅长，村支书找他，想给儿子安排个好工作，话没说完就被他截断了：“这叫走后门，败坏党风，别说我安排不了，就是能安排也不中！”村支书窘得脸色发紫，连饭也没吃就走了。

二十多年前，他在省教育厅当厅长，村里的堂弟找他，让他想办法给没考上大学的女儿录取到大学，他不但没有办，还当面给堂弟上政治课，堂弟听完扭头就走。

十多年前，他已离休，村里人想通过他的影响力到财政上要点钱，给村里建个办公楼。他一听火冒三丈，骂道：“村里的学校要塌了不想办法，倒对建洋楼那么上心，你们想干啥！”这一回不是来人要走，而是他把来人赶走了。

微风吹来，山脚下有了一丝凉意。老人凝望着远方，许久，站起身来要离开。

这时，村道上过来几个人，是村支书和村主任。他们见了老人，又惊又喜，非要拉他到家里坐坐。退休的老支书听说后也过来了，两人如兄弟，手拉着手坐在同一条凳上。

村支书关切地问老人回家有什么事。他们知道，老人外出工作多年，父母去世后老屋也塌了，在老人的建议下把石门口的小学搬到了那儿，建新校时老人还捐了三万元。是不是老人想回来住，要那片宅院？

老人说："没事没事，就想回来看看。"

老支书说："我打电话让小忠回来吧，你可是他的恩人，得回来见见你。"

老人问："小忠是谁？"

老支书说："你忘记了？他那年考上科技大学报到时没钱，你一下资助了一万块哩。现在他可是市农科院的副院长了！"

"哦，好啊，有出息了。不过，可不敢耽误他的工作，我一会儿就走，没事就随便看看，见到你们就中了。"

小坐一会儿后，老人坚持要走，临到村口，青年后退了一步，拉着村支书的袖角悄声说："老厅长去年冬天体检出胃癌晚期，他想离世后回来，今天是为选墓地来的。"

村支书一愣，问："选在哪儿？"

青年指着石门口的石堆说："在那儿，他说那儿是山坡不上耕地。他还不让我给你们说，将来老了托人掏钱买。"

村支书没有说话，默默地目送老人离开了村子。

一年半后，老人下世，村干部们专门到省城参加了遗体告别仪式，之后将老人的骨灰带回村里，埋在了村中间的一块空地上。那是老支书为自己选的墓地。

下葬的时候，全村人都去了，村里还专门为老人立了一块碑。

证 据

庭审现场。作为公诉人的煤市检察官黄加年向法庭提起对刘彪等三人拦路抢劫杀人案的公诉后，现场出现了一阵骚动。

对方的律师是市里最有名的杨昆林，他看起来对今天代理的案子胸有成竹，因此显得十分沉着，这对于当了三十多年的检察官黄加年来说，不啻一出好戏。他们不知道在法庭上较量过多少次，杀人的、放火的、强奸的……基本上市里所有的重特大刑事案件都是他们两个在PK，作为公诉人黄加年自然是正方，而站在反方立场上的永远是杨昆林。当然，由于许多案件错综复杂，不乏各自有胜有负，这是符合法律规律的。黄加年更清楚，他所提起公诉的案件大都人命关天，证据可以把一个人证死，也可以把一个人证活，但只要是凶手，就坚决不能让他们逍遥法外，这是他黄加年当了几十年检察官唯一不变的宗旨。于是，他读完起诉书，耐心地等待着主审法官如何往下进行。

法律程序很清楚，接下来是杨昆林对案件的答辩。他很绅士地站了起来："尊敬的法官，刚才听了公诉人的公诉词后，本律师认为有以下三个方面的错误。第一，证据不足。公诉书中说被告三月二十一日夜在九博山抢劫杀人，既没有凶器又没有人证，仅靠现场技术分析得出结论，此案不能成立。第二，案发当夜，三名被告如何实施抢劫，因为受害人已经死亡，具体细节不详。第三，刚才一个证人出庭做证时说，他在三月二十二日早晨放牛时看到了受害人身上有一块石头，公诉人便认为这块石头是造成受害人死亡的证据，我曾两次到现场调查，未发现有此石头。因此我怀疑这是伪造证据，以诬蔑被告。"

黄加年听完杨昆林的答辩，看了一眼助手小刘，心想：老杨果然把这事提到了台面上，幸亏自己……

黄加年正在思考着刚才杨昆林的话，主审法官已经发话了："公诉人，刚才辩护人向你提出了三个方面的意见，你有何补充？"小刘听后正要站起来说话，却被黄加年拉住了："尊敬的法官，刚才听了辩护人的答辩后，本人答复如下：一，证人看到了受害人被一块重达三十公斤的石头滚砸而死，是第一现场，经公安人员确认并证实的；二是现场有搏斗的痕迹，经法医鉴定，现场也留下了第一被告刘彪的血，经过 DNA 检验已经可以证明。"

主审法官等黄加年说完，再问杨昆林："辩护人，刚才公诉人对你的答辩给予解答，你是否满意？"

杨昆林说："不满意。大家知道，案发现场是在三十公里以外的深山荒岭上，现在只凭一个放牛的农民来做证，而所谓的DNA检验以及技术分析虽说科学，但能说明什么问题呢？只能说明，被告路过现场后，因为天黑不慎被石头绊倒，摔在地上造成流血。而死者之前已经被山上自然滚下的石头砸死，这种巧合是存在的。刚才展示的图片显示，那块重达三十公斤的致命石头是圆形的，很容易从陡峭的山坡上滚下来。"

主审法官把目光盯在了黄加年身上。

黄加年不慌不忙地站起来："被告辩护人说得不错，是那块石头造成受害人死亡的，但是这石头根本不可能从山上自然滚落，第一现场并不陡峭，第二石头不完全是圆的，照片站在带血的角度拍摄，而背后棱角分明。"

杨昆林不屑："凭什么说石头背后棱角分明？"

看来焦点问题就是那块石头。黄加年想，该是出手的时候了，于是等杨昆林把话说完，提醒主审法官他有新的证据要展示，得到同意后他慢慢地走到后台，抱起那块石头放在了法庭上。果然，石头带血的一边呈圆形，而后面是个平面。

法庭上又一阵哗然。

事实面前杨昆林不再辩论，默认了公诉书。法庭经过合议对此案作了有罪判决：判处刘彪死刑立即执行；陈双强死刑缓期两年执行；陈双义无期徒刑！

年底的表彰会上，检察长当着各县区的检察官说道："煤市检察院年过五旬的检察官黄加年公正执法，为了帮受害人讨回公道，不惜病体在身，毅然到现场将三十多公斤的石头扛了十公里，直到公共汽车站，此证据有力地打击了犯罪……"

检察长话音一落，大家把目光齐刷刷地投向了黄加年。

紫藤架下

人民公园的东南角有个紫藤架，年久，那紫藤盘根错节，七拐八扭，很有些沧桑。春天，紫藤开着花儿，香得醉人；夏天，密密麻麻的紫藤叶儿，罩得一片阴凉；到了秋天，紫藤叶变成了红色，火一样，煞是好看；唯有冬天，那一根根紫藤像老人胳膊上的筋，风骨万分。

不知什么时候，紫藤架下的水泥凳子上多了一位老人。只见他抱着一杆坠子，低着头忘我地拉坠子。起初，那坠音是孤单的，浑厚中透出一种哀伤。后来，渐渐变得悠扬了许多，引得不少人前来围观。有人认出那是市豫剧团刚刚退了休的“坠子王”张贵生。于是，老张每奏一曲，都有喝彩声和鼓掌声。来公园晨练的老人，每天就伴着老张的坠音或打太极或绕湖慢跑，就多了一种情趣。

老张拉了两个多月之后，又来了一位老太太。她叫于旦妮，曾是市豫剧团的副团长。前些年退休后，跟着儿子媳妇去南方了，最近回市里办事，早晨到公园散步时被老张的坠音招呼了过来。两人我拉你唱，有了情景。于老太干脆给儿子打电话，不去南方了。

又过了一些时日，更多的人加入了老张的队伍。他们中，有演员、拉二胡的、吹笛子的，简直成了一个小戏班子。每天清晨，紫藤架下热闹异常，《天仙配》《穆桂英挂帅》《朝阳沟》……拉胡琴的人拉得起劲，唱的人字正腔圆，听的看的人直喊好。

有了这个场所，参与的人也抖擞了精神。没有人组织，也没有人号召，每天天刚亮，大家都背着乐器准时而来。梆子一响，胡琴声起，随之或男声或女声就开唱了。唱的拉的，都陶醉在戏曲音乐中，好像年轻了十几岁。

一天，张贵生拉了三曲仍不见于老太过来，便问身边拉二胡的王生荣：“老于呢？”

王生荣伸长脖子在人群中瞅了一圈，摇着头回答：“不知道。”

老张放下坠子出来找，没找着，就拿起手机拨号。一打通才知道，于老太在家感冒发着高烧呢。大家提前结束，赶到于老太家，把她送进了医院。

一周之后，于老太又出现在紫藤架下的队伍中，继续唱她的《三娘教子》。

唱完了，老张对于老太说：“你该回你儿子那儿去。”

“不想去，”于老太的嗓子因发烧还没有还原，“在那儿一点儿意思也没有，能把人憋死。”

“起码有个病，孩子们能照顾到。”老张劝解说。

于老太很满足地说：“这儿不是也很好嘛，我有病了，你们把我送到医院，还轮班陪护，送饺子吃，比儿子媳妇们强多了。”

老张不再说什么了，看着手中的坠子，忽然来了精神，拉了一曲歌，那歌名叫《我们的生活充满阳光》。

电视台的记者发现了这群玩戏曲的老人，带着摄像机采访，给他们取了名字叫“戏曲沙龙”。于是，“戏曲沙龙”先上了市电视台，后来又上了省电视台。

紫藤花开花落好多次，但紫藤架下一如既往地响着乐曲、唱着段子。

渐渐地，有心人发现，“戏曲沙龙”的队伍越来越少了。先是于老太消失了，后来王生荣不见了，再后来吹笛子的胡光年也不见了。一打听，原来这些人都驾鹤西去了。

终于有一天，紫藤架下只坐着张贵生一个人。只见他抱着一杆坠子，低着头忘我地拉着。没有伴唱，也没有别的乐器伴奏，那坠音显得无比的孤单。而老张选的曲子，也充满了哀伤。人们只能围着他，默默地听着、看着。

三年之后，老张也消失了。晨练的故人到了紫藤架下，就会小站一会儿，回味那一曲曲远去的音乐和唱段。

又过了一段时间，紫藤架下来了一个年轻人，坐在老张曾经坐过的水泥凳子上，天天早上架上画夹，对着那些充满沧桑的紫藤写生。

黑脸老顾

再过几天老顾就要退休了，他心里挺不是滋味的。是啊，一个人用大半生时间干一件事，突然放下了，总觉得不太习惯。老顾不停地翻阅着最后一本日记，看着那些熟悉的名字和一个个异样的面孔，心中五味杂陈。

老顾是市纠风办主任，按说三年前就该退二线了，可领导说他不能退二线，要干满六十岁。至于为什么，领导就给了两个字：黑脸。这不，三年说着就过来了。不过，不说三年以前的事了，就这三年他在纠风办用纪律这个铁尺子就“卡”了几十起违纪事件。

老顾知道，自己这些年来为了工作得罪的人太多了，好多人还扬言等他退了休“收拾”他呢。当然，老顾不怕这样的威胁，他心底无私，办案又不是为了自己。但话又说回来，现在真要退休了，那些冤家肯定会找自己麻烦的。“找就找呗，谁让咱是党员，谁让咱又是纪委干部。”老顾总是这样对自己说。

老顾正想着心思，办公室的陈可进来了，对老顾说：“顾主任，刚才大家商量了一下，晚上请你吃顿饭。”

“吃饭就免了吧，我又不会喝酒，扫你们的兴。”老顾这些年不但对外是黑脸，对自己人也是黑脸，为一些小节常教训大家。这会儿，他不好意思。

“哎，我们可是AA制啊，自己出钱请你的，你可别以为是公款。”

“这个我知道，只是……”

只是不只是，这次不容老顾了，下午下了班，他就被拉到了荷花大酒店。坐在饭桌上，老顾发话了：“我这人性子直，平时为了工作，总是原则长原则短，多有得罪，虽然我不会喝酒，今天说什么也得自罚一杯。”说完，正要喝下，却被陈可夺了杯。

陈可说：“顾主任这话可不对呀，你严格要求大家，咋能叫得罪？你看，从咱们纠风办出去的人，哪一个不被提拔重用？就凭这，我得先敬你一杯。”

陈可就端起酒杯敬老顾。老顾笑了，接过酒杯犹豫着喝了下去。

办公室的其他同志一看老顾喝了第一杯酒，一个个过来表达自己的心意，有的说“老顾你脸黑心红”，有的说“老顾你对我们严要求，是为我们好，我们会记住的”。就这样你一杯我一杯，把老顾喝得有些微醉了。

这时，雅间的门突然被推开，进来几个老顾的熟面孔。老顾忙站起身，满脸疑问地说：“这不是庞庆民吗？前年你爱人公车私用被人举报，我处罚了你；那不是张铁锁吗？去年你请客超标也被我处罚了；还有那个荷花啊，这是你的饭店，是不是我每到节假日来查公款吃喝影响了你的生意？”

来人却异口同声地说：“我们听说你要退休了，专门过来敬你杯酒的。”那个叫荷花的说：“顾主任，这个大酒店是我下岗后贷款开的，生意很好。我也是党员，你每次来检查，不但不会影响我们的生意，反而对我们的员工也是一次教育，我在给他们开会时，常把你当例子来教育他们呢。”

张铁锁说：“顾主任，那次我们请客超标你处罚我，当时想不通，后来想通了。你说得对，大家都像我们那样海吃海喝，群众怎么看我们？国家不就吃空了吗？我是来表态的，我们接待办虽然接待任务多，但一定按标准办事，请你放心。”

庞庆民说：“上次爱人公车挪用你纠正后，在报上公布了我的检查，给我上了一课，也给我那不讲理的爱人上了一课，她从此不再给我提无理要求了。我们教育局人多摊子大，听说你要退休了，我有个请求不知你能否答应？”

老顾问：“啥请求？”

“我想请你当我们教育局的廉政监督员。”

“这个，我现在就答应！”

庞庆民、张铁锁和荷花赶忙端起酒：“要是答应了，就把这一杯酒喝下吧。”

“这杯酒是要喝的。”老顾也端起酒杯，一饮而尽。

窝边草

兔妈妈已经是第三次嘱咐儿女们了，不要吃身边的草，可儿女们仍然不明白为什么。

这是兔妈妈生的第一胎，她生了四个儿女，个个长得耳聪目明的，兔妈妈喜欢极了，每天不停地到外面寻找些野草吃，然后变成奶汁，再喂她的儿女们。

儿女们一天大似一天，兔妈妈的奶汁明显不太够他们吃的了。不过，这些活蹦乱跳的孩子们已经开始搭上一些嫩草了，这就为兔妈妈减轻了不少的负担。

但是，兔妈妈一再告诫孩子们，千万不要吃身边的草。老大老二蛮听话的，老三老四却不以为然。老三问："妈妈，为什么？身边有这么好的草，足够我们吃的了呀。"兔妈妈耐心地告诉他们说："我也不知道为什么，这是你们的外婆告诉我的，我就按照她的教导来教育你们了。”老四又不解地说：“外婆？我外婆骗人的！”

“但不管怎么说，身边的草是绝对不能吃的，这是命令。”兔妈妈有点儿生气了。她虽然也很年轻，不太懂这里面的道理，但她知道，遵循老人的话是没有错的。

儿女们听后都闷闷不乐。兔妈妈也不管他们乐意不乐意，又再三交代了一番，这才又到远处去采食野草了。

兔妈妈走后，四个小兔子在家里争执了起来。老三眨着眼睛问老大：“大姐姐，你说，妈妈说的是什么道理？”老大想了一会儿说：“我也不明白，但妈妈自有她的道理，听话就是了。”老四接过来说：“妈妈讲不出道理就是错的，我们应该改正过来。”老二听了，批评他们说：“不要再争吵了，一切听妈妈的安排。”老三把嘴一张，对老二说：“我现在已经饿了，妈妈回不来，怎么办？”老二瞪了他一眼，生气地说：“每次总是你先喊饿，就你娇气。”老三反驳说：“你和大姐最大，吃奶的时候不让我们，总是抢吃好奶，我老吃不饱。”老二看他说得挺可怜的，也不再说什么了。

眼看已经到了晌午，兔妈妈还没有回来。几个小兔子饿得极了，老四就提议说：“没办法，我们不是不听妈妈的话，只是太饿了，就吃一点儿身边的草吧。”老三一听也附和着说：“就是嘛，吃一点儿吧，反正少吃一点儿也没关系的。”老大老二还没反应过来，老三老四就张大嘴巴吃起了身边的嫩草。他们两个克制不住自己的饥饿，也啃食起来。

不一会儿，小兔子们就把身边的草吃了一大片。

老大吃着草，想起了妈妈，就说："你们吃吧，我去接接妈妈。"说完就朝妈妈出发的方向去了。

老二等不到妈妈回来，心里焦急万分，他看大姐去找妈妈了，也说："我也去看一看怎么回事，妈妈怎么还不回来。"说着，也走了。

原来，兔妈妈为了让孩子们吃到好的奶汁，跑了很远的路，在一个山坡下面找到了一片宽叶嫩草，就吃了起来。老大老二找到她的时候，她已经吃得差不多了，正要往家里赶呢。于是，母子三个一起往回走。

路上，老大低着头告诉妈妈，他们几个因为等不到妈妈，饿极了只好吃了身边的嫩草。妈妈听了，一愣，批评她说："我不在时，你是最大的，应当好好教育你的三个弟弟妹妹，为什么不制止？"老二替大姐辩护说："她也制止不了，老三老四一点儿也不听她的。"兔妈妈叹了一口气："咱们得快走，找到他们赶紧再搬家。"

"为什么要搬家呀，妈妈？"老二跟在后面追问着。

兔妈妈说："我也不知道，只记得小时候我不听话吃了身边的草后，你外婆就带着我搬了次家。"

"那么，"老二气喘吁吁地问，"为什么非要听外婆的话，也许她说得也不对呢？"

兔妈妈烦躁地说："甭管这些，赶紧搬家要紧。"

太阳就要落山了，山坡上出现了一片昏黄的光。

兔妈妈带着老大老二快到家时，被眼前的景象惊呆了：一只恶狼正在他们的家里撕咬着，老三老四挣扎着、狂叫着，但一切都无济于事。不一会儿，那只恶狼就把他俩全咬死并吃掉了。

兔妈妈和两个孩子看到这些，浑身颤抖着，但无能为力，只好眼睁睁地看着恶狼在他们的家里行凶。兔妈妈几乎昏死过去。

不知过了多久，恶狼终于离开了。兔妈妈慢慢地走到家里，围着被恶狼撕乱的窝转了一圈，强忍着悲伤对老大老二说："这就是教训，你们现在明白了为什么不能吃身边的草了吗？"

老大老二沉重地点了点头。

兔妈妈抬起头来，沉思了良久，然后带着老大老二重新寻找起新家来。

你为什么不留名

他又做了那个梦。他是一个乞丐，在一条小街上向路人伸出手，希望能得到些许施舍，然而没有人理会他，一个个表情木讷地从他面前走过。后来，刚从饭店买了两个烧饼的大伯看见他，犹豫了片刻，把烧饼塞到了他的手中……

梦总是做到这儿就醒了，他长长地嘘了口气，打开台灯，点了一支烟靠着床头抽起来。

妻子翻了下身，睡眼蒙眬地问他："咋又坐起来了，是不是又做那个梦了？"

他点点头没有说话。

"你看你这人，是不是有点儿贱。咱们现在资产超过了四五千万，咋还老做那个叫花子的梦！"

他灭了烟，坐直了身子："那位大伯是上天派来救我的，我该去找找他，报答他。不然这个梦就会缠我一辈子。”

早晨七点，他准时打开电视看新闻，头条新闻让他吃了一惊：家乡遭了洪灾，全县死亡和失踪人数超过两百人，三万座房屋被冲毁，近十万乡亲无家可归……他切换频道，市台和省台都在播报同样的新闻。他赶紧拿起手机，拨打几个亲戚的电话，全都无法接通。

他没有吃饭，到公司通知秘书小宣，密切注意家乡的灾情。

坐在办公室，他又一次回忆那个梦。其实那不是梦，而是二十六年前发生在他身上的一件真事。那年他十四岁，正上高一。突然有一天，住校的他被通知说，夜里下了大暴雨，老家屋后的山体滑坡，四间瓦房和爷爷、父母、妹妹四口人全被埋住。他回到家时，亲人们的遗体已经被挖了出来，往日的家园成了土堆，看到眼前的一切，他腿一软倒在地上。

从此，他成了一个无家可归的孩子。他靠乞讨度日，每天坐在小镇的街道上，等着吃那些进饭店的人的剩饭。那次，他好几天没有等来剩饭，饿得头晕眼花时，一位卖柴的大伯塞给他两个烧饼。大伯戴着草帽，很和蔼，看着他狼吞虎咽地吃着，拍了拍他的脑袋离开了。

他看见大伯朝曲村方向走了，就在他的身后弯腰给他鞠了一个躬，可大伯没有看见。

对面饭店的老板摇了摇头说：“这个曲怪子，还是个善人哩。”

曲怪子！他想起这个名字，心中不禁有一种酸楚。他叫秘书小宣备车，要回老家一趟。

公路已经被冲坏，七拐八绕才回到老家。还好，他们镇的灾情较轻，没受什么影响。车停在镇上，那个饭店还在，可老板换成了年轻人。他打听曲怪子，都说不知道，他再打听老板，回答说去年得脑出血去世了。

他去了曲村，问有没有一个叫曲怪子的人，都说没有。再问几十年前有个专门卖柴的人，有人把他引到了后山一户人家。一位驼背老人正蹲在院边安锄把，看见他们不知所措。他一眼认出老人，虽然老了很多，可那和蔼的表情还在。他激动万分，拉着老人的手说："大伯，我可找到你了。"

老人陌生地看着他："我不认识你呀。"

"我就是那个讨饭的小孩儿，你用卖柴的钱给我换了两个烧饼呀！你不记得了？"他有点儿语无伦次。

老人摇摇头："我没给过你烧饼，你记错人了。"

"哪会呢，我一辈子也忘不了你的恩情。"

老人还是那句话："你记错人了。"说完，重新安他的锄把。

他从包里掏出一千元现金，塞到老人的手中。老人愣了一下，把钱又还回去："你记错人了。"

再塞再还，总是那句话。他急了："大伯，就算不是你，这钱是我的扶贫款，你接着。"

老人不再搭理他，反正不要钱。

他无可奈何，只好给老人鞠了一躬，老人仍在安锄把，没有看见。

他回到公司，给县救灾办公室打了个电话，说他要给家乡灾区捐款五十万元。电话那头问他："请问你叫什么名字？"

"不用写我名字，明天我让秘书把现金直接送过去。"

"你为什么不留名？"

"没有为什么，你只管收钱就是了。"他放下电话，轻轻地舒了一口气。

塔上塔下

骄阳似火，城市建筑吊塔上，突然出现一个人。正在吃午饭的建筑工人们开始还以为高空作业的工友没下来，但仔细一看不对，吊塔上工作的那个瘦子正端着饭碗呢。这下大家慌了:谁爬上去了？要干啥？忽然有人意识到什么，脱口说了一声:“他是不是想自杀?！”工头脸唰地一下白了:“快打 110 报警！”于是，几个人同时拿起手机，打 110 报警电话。

五分钟后，几辆警车呼啸而来，跟在警车后面的，还有一辆高臂消防车。警察拿着小喇叭对着空中的人喊:“朋友，你爬那么高干什么?快下来，危险！”

爬吊塔的是个小伙子，他听见下面的喊声，故意做了个更危险的动作，用脚夹着钢筋座，伸开双臂做跳跃状，大声说道:“你们不用管我，我活不下去了，工头欠我工钱不给，我妈妈在医院住院，没有钱动手术，我没脸见我妈妈！”

下边的人急得团团转，吃饭的工友们都把饭碗放下，看着高高的吊塔，议论起来。过路的市民们也围了过来，警察看人太多，便让大家围成一个安全圈，一方面找来一个建筑网防止吊塔上的人突然跳下，一方面让消防车伸长高臂，派一人上去交谈，趁他不备将其救下。怎奈消防车的高臂虽然伸直了，但仍不够高，坐在臂上的人只能仰着脸和吊塔上的人谈心。

这时，一个老人挤进人群，高声喊道:“小伙子，别这样啊，你这么年轻，你妈妈还在医院等着你呢，快下来吧。”

上面的年轻人并不领情：“你们别费事了，我不下去！”

“钱是个啥呀，命重要还是钱重要，只要你好好活着，你妈就有希望！”老人的声音有些颤抖。警察听了，把手中的喇叭递给了他。

“钱是啥？钱是我妈妈的命，没有钱，我妈妈就没有命，你知道吗？”

“你下来，我有钱，我给你钱。”老人从兜里掏出几张钱，在空中摇晃着。

“骗人！工头欠我的钱都不给我，哪有送钱的！”

话音刚落，刚才吃饭的建筑工人们纷纷说话了：“兄弟，你快下来吧，你妈治病需要钱，我们大伙给你凑。”说着，一个个都从袋里掏出并不多的钱，在空中摇晃，让吊塔上的年轻人看。

“下来吧！下来吧！”

工地上，喊话的声音虽然杂乱，却是同一句话。

工头从老人手中抢过了喇叭：“兄弟，你下来吧，你的钱我现在就给你结了，不信我把钱交给警察，让他给你，你千万别想不开啊！”

吊塔上的人沉默了一会儿，说：“那为什么我向你要了一个月了，你不给我一分钱？”

工头说：“老哥也有难处呀，现在施工的费用是我垫资的，上面的建筑款一次也没有结。不过，你下来，我给你结账。”

工头边喊边拿出钱，交给了警察。

吊塔上的小伙子坐了下来，双手捧着脸，沉思良久，慢慢爬了下来。

一阵掌声响起。

警察上前严肃地对小伙子说：“你刚才的行为已经违反了法律，跟我们走一趟！”

刚才喊话的老人走过来对警察说：“这孩子也是没办法，再说他妈还在医院等着他救命，你们就从宽处理吧。”转身又对小伙子说，“小伙子，以后别这样，人生中遇到的挫折很多，没有迈不过去的坎。”说完，他把刚才手中的钱，塞到了年轻人的手中。

年轻人突然跪下，磕了个头，站起来把老人的钱又塞回到了他的手中……

癌 症

怕人的癌症！汪丽终于知道了自己患的是子宫癌。天哪！才二十岁，理想、前途就渐渐远去，而死神却日渐逼近，这是何等的滋味！她绝望了，与其让病魔折腾死，不如完完整整地安乐而去，于是她开始积攒安眠药……

天气闷热。吃过晚饭，汪丽感到无限的恐怖，便走出住院部，漫无目的地在花园里踱着步，然后坐在一棵小树下，无所适从地凝望着远处。

“住院？瞧人？”有人问。汪丽回过神来，才看清身边站着一个男青年，腋下夹着一本厚书正等着她回话。

“不，噢，住院。”汪丽语无伦次。

“我叫李明，也住院，看来咱们是同病相怜了。啥病呀？”

挺有趣的，她苦笑了一下：“癌症。”

李明不再说话，也坐下来慢悠悠地掏出一支烟，沉思起来。

“啥书？”汪丽要过书翻着，天黑，一个字也看不清。

“尽是些有趣的故事，我给你讲讲你就知道了。”李明开始讲起书中的故事：有一个小战士只有十八岁，刚当上兵就赶上了对越自卫反击战，一次战斗中，他与连队失去了联系，被敌人的子弹打断了两条腿，可他没有绝望，硬靠自己的毅力爬行了两百多里的山路，回到了边防线……

李明的故事讲得很认真、幽默，汪丽越听越感到新鲜，正当她听得津津有味时，李明突然不讲了。

“后来呢？”汪丽问。

“对不起，我刚看到这里，如果想听，明天我看一截再给你讲。”

从此，每天晚上汪丽和李明都不约而同地来到花园，一边听故事，一边聊天，癌症的事早已忘到九霄云外了。

书里的故事快讲完了，李明的神情也严肃得多了。一天，汪丽又一次被叫去检查后，医生告诉她，经过进一步检查和化验，认定她患的不是子宫癌，而是良性瘤，准备明天做切除手术。

汪丽惊奇地睁大了眼睛，继而高兴地笑了起来，一把扔掉了枕头下面的安眠药。忽然，她想起了李明，晚饭后早早地来到医院的后花园，坐在那条他们都熟悉的长椅上等待着李明的到来。然而，等了很久，李明却没有来，她只好按照李明往日告诉她的病房去找他。当她兴高采烈地推开房门，却发现李明的床位上空着，只有那本书还放在枕边。病友告诉她，李明的癌症突然恶化，抢救无效，中午去世了……

汪丽打了个冷战，头一时木木的，两眼直冒金光，不知如何处理眼前的事，半天才回过神来。她忽然意识到了什么，顺手拿起了那本经常握在李明手中的书，却看到那书的封面上印着“钳工学”几个字……

荣誉村民

五一长假，聂市长要带妻儿去乡下转转。妻子说："乡下到处都是鸡粪牛屎，还有那狗吠猪叫的聒噪人。再说了，晚上住哪儿？"聂市长反驳说："农家的土炕睡着踏实，早上听着鸡打鸣就像回到了从前，多自在啊！"妻子搁不住这样的雄辩，只好答应了他。

聂市长一家三口一大早就乘公共汽车离开了市里。到了中午，车行至一个山脚下的村子边，他们下了车。到了村里，不见有人在田间干活。村外的田地里，抽了穗儿的麦子七高八低的，麦垄间的杂草冒得比麦子高。靠山坡的几小块农田，干脆什么也没种，猪耳朵叶、辣辣蔓、马齿苋长了满地。聂市长蹙了一下眉头。

聂市长走进一户整洁的农家院，看见一个五十多岁的老汉正在树荫下抽烟，就走上去问：“老哥，能在你家吃顿饭吗？我们掏饭钱，做什么吃什么。”

老汉站起来，笑眯眯地点了点头：“咱这儿管闲饭的人多咧，看你像个干部，还掏饭钱，新鲜啊。”

“家里宽余不，能让兄弟住两天吗？”

“宽展着哩，儿子一家去城里打工了，房子一年到头空着。”

“想问一句，咱这麦子长得可不如意呀，山脚下那几块地咋连种都没有种呢？”

老汉不屑地说：“村里的劳力都出去打工了，好一点儿的地老年人种了，赖地都撂荒了。”

“咱村有多少这样的地？”

“一百多亩吧，都是片片地。”

“我来承包几片可以吗？掏租价。”

老汉看看聂市长，笑了：“城里人没种过地吧，是个苦力活，怕你干不了。”

“我也是乡下人，考学分到城里了，老家跟这儿一样，从小种地，啥都会。”

“哦，”老汉再审视着眼前这个穿着球鞋的汉子，点了头，“没忘本，想种你挑吧，那些荒了的随你。”

“你能当家？”

“我是村主任，能当这个家。”

第二天，聂市长和妻儿带着从老汉家里借来的农具，到山脚下开了三片地，六天时间里，一家人早出晚归，在三片地上精精细细地种上了玉米、豆子和蔬菜。临走时，给老汉留了五百元住宿费和饭钱、种子钱，并留了手机号，交代他代管好那几片田，有事就打他的手机。

中间，聂市长利用双休日又到村里去了两次，间了苗、锄了地、施了肥，那庄稼长得壮壮的，很是喜人。

可是，立秋的时候，天气干旱起来，二十多天滴雨未落，村主任老汉就给聂市长打电话，聂市长说他周六就去。到了村里，看着玉米叶子打了卷儿，聂市长心疼得不得了，又到远处的河床看了一下，觉得引水有困难，就决定担水浇地。他找来两只铁桶，连夜担了八十多担水，把那三片地足足地浇了一遍。

早上，老汉看聂市长呼哧呼哧地喘气，心疼地说：“我们庄稼人这几年也没有出过这样的力气，你咋这样实在？”

聂市长说：“咱要种就把它种好，现在粮食虽然便宜，如果糟了年成粮食就成金子了。”

国庆节放假，那三片田里的庄稼和菜都熟了，聂市长来村里收了，把菜分给村民们吃，把粮食分给了贫困户。村民们都说聂市长是个怪人，打老远来村里种地，费力浇、抢着收，却把菜和粮食都送给别人，摸不透他要干啥。

年底，聂市长果然又来到了村里，不过这一次他是坐小车来的，一进村就给贫困户带了一些油和棉被，然后组织村里人开会。会上，他说他是市长，在村里发现了土地撂荒的情况很心疼，经调查这事在别处也很普遍。聂市长说："咱们是农民，要先把地种好，再去赚钱。可不能只图外出赚钱，把家里的地都撂荒了，一旦在外面不如意，回来可就喝西北风了。"

村主任老汉激动地站起来说："原来你是咱们的市长呀，认识了多半年了现在才知道。你这个市长好啊，心里有咱农民。"然后转身对大伙说，"市长说得对啊，你们这些后生，不管挣到钱没有，明年都不准把片片地撂荒了！"

聂市长满意地笑了。

村主任老汉突然又说道："咱们请市长当咱村里的荣誉村民，好不好？"

"好！"会场上响起热烈的掌声。

聂市长站起来，两只手与村主任老汉紧紧地握在了一起。

聂市长回到市里不几天，市政府就下发了新年的"一号文件"，题目是"关于制止农村土地撂荒问题的规定"……

后山人家

吃晌午饭的时候，村里来了一个收购木耳的小贩子，一路吆喝着收购优质木耳。后山里的人厚道，见有客人来，不问生意的事，先问吃饭了没有。小贩子是个穿着夹克衫的小青年，见有人让饭也不客气，说没有呢。

拴成就放下碗筷说："那就在我们这儿吃晌午饭吧。"便回家舀了玉米糁饭，拿了两个葱油饼让给小贩子。小贩子就和大家一起在院场边上吃了起来。

"你这上门收购木耳的，咋个收法？"有人问。

"你们村里的木耳耳大朵厚，是方圆有名的优质木耳基地，我就出三十块钱一斤的高价钱收购。"小贩子说。

"哟，可不便宜呢！"有女人就惊叹起来。

"可不是嘛，公家收购才给你二十九块，我比他们还高出一块钱呢！”

“那我们还省得跑路了，比拿到镇上还强呢，到镇上人家还挑肥拣瘦的，真不如现场卖了好。”女人们就跟男人商量起来。

“大哥，你家有吗？我按三十一块钱一斤收你的，我这顿饭不白吃你的。”小贩见拴成只管吃饭不吭声，就与他搭起话来。

“有几斤，吃完饭再说。”拴成说。

吃过午饭，有好几个人将自家刚晒干的木耳拿到了拴成的院子里，等着小贩子收购。小贩子眼睛睁得溜圆，一只口袋一只口袋地翻看，看着袋里又大又厚的木耳，口里不住地说道：“不错，不错，真是好货！”

不一会儿，拴成也将自家的木耳拿了出来，大家一看，惊得个个睁大了眼睛。只见那木耳一朵赛一朵，像春天开放的黑牡丹。他把木耳往小贩子面前一放，说：“今年的雨水好，我用的菌种也好，你看看货咋样？”

小贩子喜得合不拢嘴，伸出大拇指连连说：“大哥，你的木耳没的说，没的说哩！”说完，拿起秤便称了起来。

称完，小贩子一看秤星，五斤二两，就算了一会儿说：“一百六十一块二毛钱，给你一百六十三块！”

拴成说：“庄稼人图个人情，你吃我的饭是我行的人情，我不图你照顾，该给三十块我一分不多拿！”就只收了一百六十一块。

小贩子说：“大哥，哪能呢。”便要将拴成退回的钱往拴成手里塞。

旁边的人说："你甭塞了，拴成是个直人，再争下去他就不卖给你了。"小贩子就住了手。

不一会儿，小贩子称完了所有人送来的木耳，那个大蛇皮袋也装得快满了。付清了钱，小贩子扛起袋子就走了。

过晌，孩子们放学回来说，他们看见有个人在村西头的草坪上晒木耳。大人们听了就纳闷：那人不是早就走了吗？再说木耳又干又脆的还要晒什么？大家都有点儿好奇，就来到村西头看究竟。

正是那个小贩子，只见他把木耳摊在地上，一会儿向木耳扬沙子，一会儿又用水向木耳喷着。大家一看就明白了：这家伙在往木耳里面掺假哩！

拴成走上前去质问："你这不是在干缺德事吗？"

小贩子说："大哥，你还不清楚，木耳的行情是二十九块钱一斤，我收你们的三十块，这样下来不亏了？我这样干也是没法子啊！"

拴成一听就火了："我们后山村的木耳是当地名牌产品，原想卖给你是图省个工夫，你却这样糟践俺们的名声，那不中，我们不卖了！"说完，将袋里的钱掏出来又扔给了小贩子。

大家看拴成不卖了，也纷纷将钱扔了过去。拴成一招呼，大家七手八脚地将场地上的木耳收拾起来，啐了小贩子一口唾沫往回走。

路上有人问拴成："这已掺过了假的木耳咋处理？"

拴成毫不犹豫地说："咱们在水里淘干净，等晒干后再按各自的数量分给大家！"

"那你的货好，与大家的掺在了一起，再分不吃亏了吗？"

"我不嫌吃亏！"说这话的时候，拴成脸上的表情显得异常严肃。

飘失的白纱巾

袁鹏静静地坐在母亲的店前，脑子一片空白。面前不远处就是福州街，人来车往一片嘈杂声，可袁鹏似乎没有听到，仍然心静如水，仰起脸对着天空，不住地张开鼻翼，吸着户外清新的空气。

周六的上午阳光很好，温柔地洒在袁鹏的脸上。母亲站在店内的柜台上看着儿子一直这样仰脸，不由得叹了口气。

九点整，那个女孩又出现了，她手里捧着一束百合花，先叫一声“袁大哥”，然后把花往他手上递。

袁鹏装出生气的样子，故意不接花，说：“小童，你不告诉我为什么送花，我永远不接它。”快半年了，这个叫小童的女孩，每周六上午九点准时来到袁家店里看望袁鹏，并送给他一束百合花，问她为什么要这样做时，小童从不正面回答，总说他是英雄，她敬仰他。然后就陪他说话，讲听到的或看到的故事，逗他乐儿。不知怎么的，小童这样做也让袁鹏成了习惯，每到周六就坐在店门前等待她的到来，有时候居然心中数着点儿等她出现，果然当他数到几个数时，她便真的出现了。

今天小童给袁鹏讲的是一个听来的事，市郊昨天发生一件惨案：一个喝醉了酒的司机把一个进城卖菜的妇女撞倒了，本来那女的只撞断了一条腿，可狠心的司机却倒过车，居然把妇女压死了。逃跑中，被目击者记住了车号，晚上就被抓住了。小童讲完，沉默良久，等待袁鹏说话，袁鹏却什么也没说，只把牙齿咬得咯咯响。

小童的故事分散了袁鹏的注意力，他不自觉地把那束花握在手中，算是接住了。

小童问:“袁大哥，你再给我讲讲那天夜里你救人的事吧。”

现在袁鹏不想讲那事了，他觉得自己已经讲腻了，自己不就是从三个歹徒手中救了一个女孩嘛，作为一名特警，谁遇到了也会像他一样往前冲的，这没什么可炫耀的。现在，他的一双眼睛因被歹徒刺伤而失明，再也不能执行巡逻任务了，出院半年了天天待在家里，从焦急到平静，经历了一个什么样的过程啊!

小童很天真：“那个被你救下的女孩，真的到现在也没有出现吗？”

袁鹏点了点头。

他并不记恨那个一直没有出现的女孩，也不在乎审判歹徒时有没有她出庭做证，而是他觉得自己对得起一个警察的良心了。倒是从案发到审理的那段时间里，媒体一直关注着那个被救的女孩，并进行了无休止的讨论，有人干脆说她没有良心，根本就不该去救她。可无论怎么说，那女孩一直没有出现，就像袁鹏眼睛失明前看到的最后一幕，一条洁白的纱巾在空中飘失了。

袁鹏坐久了，要站起来活动一下腿脚，这才注意到自己手中的花，上当似的笑了："小童真狡猾，啥时候把花塞到我手上的？"

小童咯咯咯地笑了，不回答，拉着他的手问："袁大哥，你不是说那个女孩脖子上围着一条白纱巾吗，是不是很漂亮？"

其实袁鹏已经给她讲过好多次了，那天夜里他和同事巡逻到福州街与石林巷交叉口时，突然听见有人喊救命，同事刹车不及摔倒了，他一个人跑到现场，看到三个歹徒正要对一个女孩施暴，就大喝一声冲了上去，一拳打倒了一个瘦子，另两个掏出匕首就向他扑来，他抡起警棍在高个子歹徒头上打了一下，许是打疼了，终于放了女孩，他对女孩说："快跑！"话刚出口，脸上就挨了一拳，然后眼睛被刺伤。他死抱着高个子歹徒的左腿，直到同事过来……

"那纱巾在路灯下，像一只腾飞的白鸽子。这是我最后看到的这个世界的情景，它永远留在我的脑海里了。"袁鹏站了一会儿，重新坐下来。

“袁大哥，我送给你一样东西。”小童说着，从包里掏出一条白纱巾递到袁鹏手上，顺手取下了那束花，放进了店内的柜台上。

“这是什么？”袁鹏摸着白纱巾，不明白。

“我送你一条白纱巾，它不会飘失的。”小童说。

“你，这？”袁鹏扶了一下墨镜，“你就是那个……”

“袁大哥，你救了我，我并不知道后来发生了什么，在报上和电视里看到大家的讨论，我才知道，可我觉得晚了，不敢出来见你。我在一家私营企业里打工，天天良心受谴责，只好辞了那家的工作，在福州路离你近的地方重新找了一家企业。这样，可以在每周六来看你了。”

袁鹏愣愣地坐在那儿，手中一直抚摸着那条白纱巾，一句话也不说。

袁鹏的母亲从店里走了出来，正要说什么，小童又说：“你放心，袁大哥，今后我会像现在一样，每周六都来陪你，决不反悔！”

袁鹏把小童拉过来，轻轻地把白纱巾围在她的脖子上：“别这样，我很好，你要好好生活，你越幸福我就越觉得救你救得值得！”

小童紧紧拉着袁鹏的手，潸然泪下。

守　护

秋景园小区地处市东郊，由于前年市区统一规划，楼盘一开便销售一空。一年多来，小区的居民从装修到搬迁，经历了一番锤敲锯响的喧闹后，逐渐安静了下来。

戚丰是秋景派出所的片警，这个从警校毕业的高才生本来被分配在市局刑警队当侦察员，却被局长一句“小家伙有点儿嫩，让他下派出所锻炼两年吧”，便锻炼到了这儿。两年来，他按片警的分工，对小区的治安工作尽职尽责，没有发生过一起重大案件，他知道再咬牙坚持几天，就会被局长一句话召回局里。戚丰盼的就是这一天，一名刑警，整天工作在风口浪尖上，对他来说是很刺激的事。

不料，就在这个节骨眼儿上，小区发生了一起入室抢劫案：三名蒙面歹徒夜半手持匕首闯入 3 号楼一房地产老板家中，将其一家三口捆绑起来，抢走现金十七万元！戚丰是在案发后一个小时被小区保安电话叫醒的，到现场查看并了解情况，并没有发现一点儿破绽，可见犯罪分子早有预谋。等分局的同行到来时，他已经调看了所有进出入小区的监控录像，也没有发现任何线索。于是，他如实向分局刑警队队长肖正良汇报了案情。

肖队长不放心，又查看了一遍现场和询问受害人，得到的回答如同戚丰说的一样。案情分析会当场举行，五六个刑警各抒己见，最后归纳到一点：犯罪嫌疑人对小区十分熟悉，不排除小区内部人员作案的可能。正当大家的看法趋于一致时，戚丰却持反对意见："我认为嫌疑人是从外面进来的，具体怎么进来的待天亮后再调查。"肖队长把目光转向了他："为什么？"戚丰说："小区共有二百一十八户居民，目前基本上全搬进来了，只有 8 号楼和 12 号楼尚有七八户因为正装修没搬。根据我掌握的资料，小区现在只有两户被租住，而租住者一户是离婚女人，另一户是一位老教师，所以小区人员并不复杂，作案者肯定是从外面混进来的。"

戚丰的话并不算具体，引来好几个人的质疑，戚丰也回答不上来，他只是说凭感觉是这样的。肖队长一听这话，就批评他："作为一名警察不能凭感觉，必须要凭实证。"戚丰接受批评，但似乎有点儿不服气，案件的侦破工作就在小区内展开。根据肖队长的分工，每人包两栋楼挨户调查，发现可疑情况立即汇报。

天亮了，戚丰顺着小区的围墙细心地巡察，他不放过一丁点儿的痕迹，可是转了一圈也没有发现一点儿可疑情况。正是盛夏，太阳一出来就火辣辣地烤人，戚丰倚靠着离小区十多米远的一棵毛白杨，掏出一支烟点上狠狠地抽了一口，故意把烟圈往天上一吐，一股白烟升了起来。

戚丰盯着升起的烟往上看，看着看着就愣了一下：这树离小区内的居民楼这么近，会不会……他立即后退两步观察起来，果然，他发现摄像头安装在楼的拐角处，从这个角度看是个死角，犯罪分子会不会利用这棵树做文章？由于树下是硬化了的水泥地，白天也是车来车往的，根本找不到痕迹，他就把目光盯在树干上，一寸又一寸地往上移动，却没有发现什么，只好悻悻地返回。

一天下来，刑警们把小区全调查完了，案件没有一点儿进展，只好交代保安严密监控，刑侦人员暂回局里做资料分析。

戚丰却没有回去，而是吃了点儿晚饭，悄悄地爬上白杨树，坐在顶部的树杈上，用绳子把自己与树枝捆一起，像个猴子，守候在那儿。他想，尽管这不一定是好法子，可隐约中能收获点儿什么。

一夜下来，他的腿都僵了，却什么事也没有发生。

第二天夜里他又悄悄地爬到了树上，可还是没有发现什么。他拍拍脑袋：真是傻瓜，犯罪分子会连续作案吗？可想是这样想，万一他们连续了呢？戚丰就天天夜里守在白杨树上，凭直觉他感到犯罪分子应该会再来的。教官不是说过吗，“有时候直觉也是破大案的一个条件”？第六个夜晚突然下了大雨，差一点儿被淋下来，可他咬着牙坚持到了天亮。

肖队长让戚丰回分局汇报近几天的情况时，告诉他接到通知，下月初让戚丰去刑警支队报到。戚丰终于憋不住把这几天的个人行动告诉了他，肖队长拍了一下他的脑袋：“真是傻瓜一个！”然后什么也没说。

戚丰知道肖队长不信任他，但他还是坚持上树守候。他想，在他离开之前，绝不让小区再有案件发生。

事情发生在半个月之后的一天夜里，凌晨两点多，一辆面包车黑着灯从马路上开过来停在了树下。三个青年从车里拿出伸缩梯子爬上车顶，然后摸黑爬上树，站在中间的粗树枝上把梯子平放到小区楼房三楼的一个阳台上，胆大的歹徒像过天桥一样从梯子上爬了过去，不一会儿，就有一户居民的房里亮起了昏暗的灯……

戚丰激动万分，拿手机向肖队长发了短信，然后悄悄地守在树上看动静。半个小时后，三名歹徒顺着梯子往回爬，刚从面包车顶跳下来，就被刑警们戴上了手铐。

八月一日上午，戚丰去市局报到的时候，让人先把那棵毛白杨伐掉了。

雪　夜

预报了几天的大雪终于在下午开始落了下来，起初星星点点，之后便纷纷扬扬，不到半个小时，道路就被白雪覆盖了。

这时候，余家屯的余成德拉着一三轮车萝卜窖到了地里，紧赶着捂了一层玉谷秆并压上了土，冒着雪把三轮车往回开。

一路上，他看见村里的几个生意人也都在忙碌着：有人骑着摩托车到镇上进方便面、火腿肠，有人在家生火蒸馒头、烧开水——都不想错过这次发财的机会。

这是往年的老习惯了。余家屯地处310国道的峭山段，由于地理条件所限，国道在这里形成了一条近一公里的陡坡，每年冬天一下大雪，国道上的大车小车便会堵到路上。那几天，方便面、火腿肠的价格成倍往上翻，连一壶开水也要卖上十元钱。一场雪下来，那几家生意人每家都能赚上两三千元。

成德看着疯了一样的生意人，打心眼儿里看不起他们，但又不能言说，怕惹别人骂。成德在屯里辈分低，即使不怎么说话，那些长辈们还娘老子训他哩，哪敢在这火候上扫大家的兴。

余老歪听见三轮车响，跑出来截住说："成德，用你的三轮车帮我把窑洞里那口大锅拉过来。"余老歪是成德的远房叔叔，原先住在坡顶的窑洞里，大前年把房子移到了国道边开了个小卖部。

成德看看漫天的大雪，说："下这么大的雪拉锅干啥，等天晴雪消了再拉不行吗？"

余老歪嘴一撇："憨子，就是趁这雪天把大锅拉下来蒸馒头用，雪消了还用得着吗？快去吧，你婶子在上面。"

成德只好把车掉了个头，往山坡上的窑洞里开去。

装好了锅，雪也落得更厚了。成德驾着三轮车小心翼翼地下坡，不料快进村的时候，右车轮一滑，三轮车侧翻到了便道边上。成德心里本来就窝着火，一看三轮车翻了，气不打一处来，说："这下好了，车翻了，说不定锅也烂了！"

余老歪老婆看看锅并没有烂，就招呼成德把车往路上推。但成德推车却没有人驾车，去驾车，余老歪老婆劲儿小推不动。正在这时，与便道平行的国道上，突然响了一声笛，两个人从轿车里出来，帮他们把三轮车推到了路上。

成德把车停稳正要感谢，那两人却又坐进车里开走了。

成德把锅送走回到家里，媳妇正好蒸出来一锅馒头，他抓起一个就填进了嘴里。媳妇埋怨说："你这一嘴吃掉了十块钱。"

成德想了一会儿，说："咱不去卖馒头了，太缺德。我夏天在武汉打工那阵，村里遭了水灾，政府大车小车给送吃的，一分钱不要。你看咱这屯里的人吧，几辈子没见过钱一样，一下雪疯了，太掉价。"

媳妇愣了一下，说："大家都这样，见怪不怪了。再说了，谁嫌钱扎手？"

成德摇了摇头："反正觉得这样不合适，路人有难应该积德行善才对，赶着挣人家的钱算啥？刚才我给老歪叔拉锅，车翻到了路边，还是过路人帮我推出来的，人家连个谢字也没要就走了。"

媳妇丢下了活儿："那你说不卖咱就不卖了。不过，不卖馒头，不等于路上不堵车呀。"

成德说："不就是这一段路么，咱把它扫了，车通着，不是啥事也没有了吗？"

媳妇笑了："屯里的人不骂死你！"

"咱们到后半夜悄悄去扫，把最陡那一截扫了。"成德调皮地说着，又抓了一个馒头填进了嘴里。

后半夜，雪停了，路上却积上了五六寸厚的雪。成德和媳妇一人拿着铁锨一人拿着扫把，来到陡坡处扫起了雪。路过的司机见了，也把车停下来，从车上拿来板子一起清理起来。天快亮的时候，近一公里坡道的积雪，全部被清理到了路边，成德两口子看着来往车辆顺顺利利地在此通过，这才回家休息去了。

清晨，余家屯的几个生意人带着东西来到村边公路上准备出售时，却看见坡道上一辆车都没有停下来，于是，有人气急败坏地吼了一句：“谁干的好事！”

瑞　香

旅游景区的导游很多，人一多竞争就激烈。那些长得漂亮且很有口才的女孩很忙，而那些性格稍显内向的女孩，常常坐冷板凳。瑞香就是常常坐冷板凳的那种人，虽然在市职业学院旅游专业的学习成绩名列前茅，虽然她到这个景区工作两年多了，但每每有游客点将解说，总是轮不到她，于是她就静静地坐在休息室，手中捧着一本关于本市历史文化方面的书，头也不抬地认真阅读。除非游客多了，一时其他的姐妹被点完了，她才默默地合上书，像换了一个人似的，精神振奋地引着一群游客，详细介绍景区的情况。

瑞香不善言辞，并不是说她不活泼，而是她觉得自己的知识不够。她是从深山里出来的，高考的时候因为出现意外，她未能如愿考上理想中的大学，鬼使神差地被继父送到了职业学院。她不想读职业学院，可看到再婚后母亲辛苦的身影和继父那威严的目光，只好硬着头皮入了学。毕业后，她没有征求家人的意见，直接被景区的领导从学校招到了这里。

一切都挺好。景区分三个部分：现代景观、唐代阁楼和英雄山。瑞香读的书里对唐代阁楼和英雄山都描述得很详细，尤其是这个英雄山很特殊。书是一位本土作家撰写的，写到这个英雄山时说，一九四二年五月，日军一个联队进攻市区，当地驻军和百姓与日军展开了殊死搏斗，七天七夜的争夺，终于将日军联队全部歼灭，而我军民也付出了八千八百条生命的巨大代价。战后，人们将牺牲的抗日英雄们依山而埋，并立了一块纪念碑；而被我军民打死的日军最高指挥官大佐和大尉、中尉三人，在英雄山的东边挖了个深坑埋掉。他们说，这样做是像岳王庙里的秦桧一样，让日军永远面向着中国烈士赎罪……瑞香每次看到这些，心情就十分沉重，会合上书本沉思良久。

那天，瑞香正在沉思，来了两名游客。瑞香认识那个女的，她是市接待办的费小娟。费小娟陪的是一名日本客人，据说他是来投资的客商，今天抽空到市里看看景点。瑞香陪着他们登上阁楼，观望城南景色，又随他们来到英雄山园区。瑞香详细地向客人介绍了英雄山的由来，并引他们到石碑前阅读文字简介。日本商人似乎对英雄山东门口的日军坟包很感兴趣，提议过去看看。瑞香引他到坟包前，正要说话，那人却突然弯腰鞠躬。瑞香一愣，一步跨到那人面前：

“你不能拜。”

“为什么不能拜？”

“因为他们是我们的罪人。”

……

费小娟翻译的时候，特意对瑞香加了一句话：“他是咱们市里请来的客人，是来投资的。”

瑞香表情冷淡，拉着日本游客往英雄山走去。日本游客不太情愿，走了老远，又转身望着那个灰色的坟包。

没想到两个月后的一天，那名日本商人又带了七八个日本男女在费小娟的引导下来到英雄山园区，他们点名叫瑞香导游。瑞香有点儿纳闷，不知道他们葫芦里卖的什么药。待进入园区，那个日本商人和费小娟把瑞香拉到一处墙角，以商量的口气告诉瑞香，这些人是当年日军指挥官的后代，他们经过多年的寻找才确定了英雄山下的坟包里埋的是他们的先辈，所以这次是专门来祭拜的，以了却多年来的心愿。说完，日本商人掏出一个装满现金的信封，递给瑞香：

“你是这里最优秀的导游小姐，请你帮助我们实现这个愿望。”

“我不能答应你们的请求，这是全中国人民的事，不是我一个人的事。”

“请你关照！”

“我不能关照！”

……

一群人就在陵园里这么僵持着。那日本商人看实在无法坚持，只好收回装着钱的信封，故意拉着瑞香往英雄山走，他们刚走了几步，那些日本男女就快速地往坟包前移动排队，准备祭拜。瑞香早有防备，转回身就往人群中跑，冲散了队形，严肃地对他们说：

“这没有什么好商量的，这事我当家，你们不准过去！你们要拜，可以到英雄山前拜我们的八千八百位抗日英雄！”

瑞香说完，用身体挡在他们面前，然后寸步不离地看着他们。

日本商人满脸通红，只好叹了口气，招呼他们离开了英雄山。

望着那些沮丧的日本人，瑞香的脸上露出了一丝胜利者的微笑。

表姐妹

英子是在母亲去世后的一个月进城投奔小姨的。那时候，英子才十四岁，初中没毕业就被迫辍学了。她父亲本来安排她进城投奔了小姨后，能够继续读书，没想到却是另外一种情况。

小姨和姨父都有自己的工作，他们家的条件当然很好，一百六十平方米的四室一厅房子，还有一辆汽车，比英子小一岁的表妹端端每天上学放学都有小车接送。按说，这么大的住处，多了一个英子是没什么问题的，但是因为她的到来打乱了小姨家的原有生活规律，半个月之后除了小姨对她稍存关怀外，姨父和端端都对英子产生了冷漠。不用说继续上学读书，连个好脸也没给过英子，英子自然知道自己的处境，每天勤快帮保姆干家务活，以能讨得所有人的满意。

看英子确实是个勤快的女孩，小姨就与老公商量，辞退了原有的保姆，让英子承担保姆工作。他们问英子愿不愿意这样，英子说只要能收留她就感激不尽了。

小姨和姨父都是文化人，他们最大的企盼就是端端有出息。端端从小就报了英语辅导班、小提琴训练班，连双休日也忙忙碌碌地去学习。到了初中后，大人又花了很大一笔钱买了所有的国内外文学名著，规定端端每周读完一本名著。但最要命的是端端根本不喜欢学习，她学英语和小提琴是敷衍的，而读文学名著更不乐意，当成一种沉重的负担。端端喜欢上网聊天，然后就是半夜半夜地躺在床上偷着看韩剧。

端端对突然到来的表姐英子也有一种拒绝感，她从不正眼看英子，觉得她是个土老帽儿。于是，跟她说话也带着一种药味儿。英子在表妹面前矮半截，一般不去跟她正面接触，只是默默地做好自己分内的事。

英子实在不明白端端有这么好的学习条件却不喜欢学习，每天做完家务后，看家里没有人就偷偷地从书房里拿名著去读，她读完了《红楼梦》，再读《傲慢与偏见》，她仿佛明白了很多世事，她真想一下子把这些书都吞进自己的肚子里。

有一天，英子去端端房里倒洗脚水，看见端端沉浸在韩剧里，就说：“端端，你一个月了连一本书也没读完，姨父出差回来问你咋办？”

“少管！”端端翻了一下白眼，不屑地说。忽然，从床上折起来，喊刚刚走出屋子的英子：“你回来。”

英子又退了回来。

这回，端端变了一副脸："我知道你背着我们看书，要是喜欢看书，你得听我安排。"

英子不明白表妹的意思，呆呆地站在那儿。

端端示意英子把门关上，狡黠地说："你替我把这些书读了，一周一本，读完了简单告诉我内容就行了，这样我可以应付爸爸的提问。"

英子笑了，很爽快地答应了端端的要求。这样，端端不再给英子脸色看了，说话的口气也变了不少。

果然，在英子的配合下，端端每次都能顺利地从父母的提问中过关，几年下来，各得其所。

端端考大学的成绩很不理想，英子的姨父走门路托关系，花了很多钱才把她送进省外的一所大学。但端端上学后仍然贪玩，她电话中告诉英子，反正家里有钱，将来找工作只要花点儿钱就能办成事，她才不怕哩。英子还是劝她好好学习，对自己有好处。她告诉端端，她悄悄地参加了自学考试，已经考过了七门课程。

英子也不小了，她不愿意自己在小姨家当一辈子保姆。有一天，英子看到移动公司招聘部门经理，就背着家人去应聘。笔试题范围很广，除了专业知识以外，有很多是礼仪、思辨性的问题，令她高兴的是，居然还有一些试题是名著中的人物、故事和情节，这在很多人都不会的时候，英子却轻车熟路地全答上了。英子以笔试第一、面试第二的成绩被录取。

英子十分珍惜这次机会，在试用期的一年时间里，她严于律己、微笑待人，赢得了公司上下的一致好评，终于当上了部门经理。

端端大学毕业后，各地出现就业危机。英子的小姨父本想让她进入机关或事业单位，虽花了很多钱却未能如愿。端端只好在家待业，每天看韩剧度日。

英子所在的移动公司新年扩大了业务量，再一次面向全社会招聘业务员。英子把这一消息告诉了端端，怕她不愿意参加。不料，端端说在家待着太着急，必须得工作了，于是就参加了考试，最后在英子的帮助下，进入企业，做了英子部门的一名员工。

空瓶子

母亲带着四岁的女儿游植物园。她们走累了，就坐在人工湖边上的双人椅上歇息。女儿在妈妈的身边只坐了一小会儿，就又站起来玩了。她对周围的一切都感到新奇，一会儿摇动一下树枝，一会儿捡拾一张画着漂亮图案的包装纸，在眼前晃来晃去地玩着。

母亲看着孩子在玩，便从包里取出手机举在手中，将摄像头对准女儿，然后一按拍摄键，活泼又可爱的女儿就定在了手机的画面里。她欣赏着自己的杰作，脸上露出了幸福的微笑。

“妈妈你看，一个空瓶子。”女儿不知从哪儿捡到了一个空瓶子，递到妈妈跟前，小手和瓶子一起晃来晃去的。

母亲忙关了手机，重新装进包里，接过那个不算脏的瓶子，打量了一会儿。显然，这是一个曾装过橙汁的瓶子，不知什么时候被小朋友丢弃在了草坪上。

“妈妈，它装什么呢？”女儿天真地问。

她本想说“这只是一个装橙汁的瓶子”，可是她没这样说，而是反问道：“你猜猜它装过什么？”

女儿故意把眼睛翻了一下，装作思考的样子，然后回答道：“装酒吧，爸爸老用这样的瓶子往杯里倒酒，肯定是装酒的瓶子了。”

母亲直起身子，指着瓶子说：“嗯，乖，也许你说得对。不过它什么都可以装呢。”

女儿支起脸，产生了疑问。

“比如说呀，这个瓶子是非常干净的，如果装了橙汁，小朋友们都爱它；如果装了醋或酱油什么的，妈妈就爱把它放在厨房里；要是装了酒，爸爸就要喝它，咱们得把它藏起来，要不爸爸喝醉了就上不了班了。”

“可以装这么多东西呀？”

“是啊，还可装很多很多的东西呢，如果装了好东西大家都喜欢它；可是如果装了不好的东西，就没有人喜欢了。”

“什么东西不好？”

母亲想了一会儿，说道：“装了脏东西就不好了，一喝就坏了肚子，还得打针，疼着呢。”

“那我以后不往瓶子里装脏东西了，也不乱喝瓶子里的东西。”

“说得对。”

母亲又想了一会儿，指着女儿的肚子说：“瓶子也和人一样，肚子里要装好东西，大家都喜欢。”

“肚子里也能装坏东西吗？”

“能呀，如果学了别人不好的东西就会跑到肚子里，长大没人喜欢了。”

“那我就不学坏的东西，光学好的东西。”

“真是好孩子，那现在你该怎么学呢？”

女儿接过空瓶子，快步跑到不远处的垃圾回收箱前，将瓶子放了进去又笑着跑了回来。

母亲掏出手绢，给她擦了擦，在小脸蛋上轻轻地拍拍说：“你做得对，妈妈喜欢你。”说完，拉着女儿的手往远处走了……

来升家的杏子

几年前，邻居来升从后山的亲戚家挖了一棵杏树苗栽在了院里。许是大家都没有留意，短短几年时间，那杏树竟噌噌噌地长了碗口粗，而且茂盛得像一把撑开的大伞。春上，那杏树就开满了粉色的花，远远看去，来升的院子里就像挂了一幅油画。

花落的时节，正是杏儿长出来的时候，一串串豆粒般大小的杏子缀满了枝头，虽然那些杏子和树叶一样的绿，但它仍然显得很突出，尤其在我和弟弟的眼里。

杏儿长到枣样大小的时候，有一天我和弟弟打来升的院外路过，弟弟两眼直勾勾地盯着那棵树，对我说："哥，来升家的杏儿长得那么大了，你看。"说着，就吸溜了一下嘴。其实我早看见了，只是忍着不说话而已，这会儿听弟弟说了它，就故意装着大人的模样教训他："不要瞎想，不是咱们家的，那是人家的。"说完，扬起头就走了过去。可是弟弟却走得很慢，已经好远了，眼睛还在杏树上盯着，因为没有注意看路，差一点儿被脚下的石头绊倒了。

那馋人的杏子到底还是在弟弟的心中留下了想头，几天之后，弟弟趁来升院里没人，悄悄地溜了进去，并且猴到了树上。不巧的是，弟弟正要摘杏子时，来升从田里回来了，一见弟弟挂在树枝上偷摘杏子，眼睛瞪得溜圆，厉声喝道："谁在树上偷杏子，还不快下来！"弟弟吓坏了，战战兢兢地从树上溜了下来，撒腿跑了回来。一见到我，两个眼窝就噙满了委屈的泪水，说："哥，来升太小气了，摘他两个杏子他都不让。"我不知道情况，以为他向来升讨杏子吃来升不给，就也认为来升太小气，真抠门。第二天见来升的时候，心里就有一种不平，替弟弟憎恨他。有了恨，看到来升走路、说话，全不顺眼了，心里还骂了他一句："太抠门了，不就是有棵杏树吗？吃撑死你！"

后来，我和弟弟打来升的院外经过的时候，都故意把头扭向另外一个方向，不去看那满树诱人的杏子。弟弟还怕不小心看到了，就闭上眼睛，拉着我的胳膊，让我用身体挡着他的视线。我心里有点儿好笑，一棵杏树把我们兄弟俩整得真够呛！

转眼到了麦收的时候，因为大家都忙，我们小孩子也要帮助家里人到田里去收麦子、打麦子，暂时就把杏子的事忘到了一边。麦收后过了五六天，我们和父母亲一起正在院里晒麦子，忽然来升扛着一个大竹筐进来了。我和弟弟都鄙夷地看着他，不知道他来干什么。来升走到院里，憨厚地一笑，对父亲说："院里的杏子今年结得很多，前些时，小侄子猴到树上去摘，一来不成熟怕吃了伤孩子的胃，二来也怕他摔伤了，就唬了他两句。这不，杏子熟了，我们也吃不完，送一些让俩侄子尝尝鲜。"说完，他一努劲儿，把大竹筐从肩膀上移下来，放在了院里。

哇！满满一大筐杏子放在了我们的面前，那杏子黄里透红，个个有我们的拳头样大。我和弟弟一看见，口水禁不住就流了下来。父亲掏出一支烟敬给了来升，说："孩子们不守规矩，多管教些。"说完，就要搬椅子让座，来升说他也要晒麦子，就不坐了，点了烟，和蔼地看了我们一眼，还在弟弟的头上摸了一把，转身离开了。

这时候，我看见弟弟愣愣地看着来升，那眼神早已没了仇恨和鄙夷。而我，再看看远去的来升，忽然觉得他非常高大，就像我们的父亲。

餐馆里

位于市区西端的风来小餐馆是设在港资企业风来服装公司大门口的一家小饭馆。这里只有两间房大，里面专营各样面食，还兼营一些酒类和小菜。由于在厂区门口，所以来此就餐的人大都是风来服装厂的职工，他们匆匆进店，要上一点儿简单的食品，十分八分钟的时间结束就餐，然后匆匆地回到厂里继续他们的工作。

只有一位老人，常在这里慢吞吞地吃阳春面。

老人六十岁开外，穿着一双圆口布面鞋，看上去与庄稼人无异。一碗阳春面也就是两元钱，他吃得很仔细，总是将碗中的面条用筷子一根一根地挑起来，然后细嚼慢咽。老板娘梁嫂每次看老头吃饭就着急，说："别人吃饭都是大口大口的，你怎么总这样一根一根地拣呀。"老人和蔼地笑笑："那叫撸饭，我这叫品饭。”梁嫂也听不大懂他的意思，就卖个脸儿离开了。

这天下午，小店来了四个毛头小伙子，看样子也是厂里的职工。他们一走进餐馆，一个小胖子手一扬就喊道：“老板娘，来两瓶好酒！”梁嫂走出来，给他们每人放了一套餐具，开玩笑说：“俺店里都是好酒，不知道你要哪一种？”一个瘦一点儿的说：“最好的是什么酒？”梁嫂看了一眼货柜，说：“五粮液，三百多一瓶呢。”小胖子说：“那就要它了。”

说话时，那老人也走了进来，向梁嫂微笑着点了点头，仍旧在餐馆的一角坐下。

梁嫂对老人说：“老规矩？”

老人回答说：“老规矩，一碗阳春面。”

梁嫂记下了，写了个菜单送进厨房，又返回身为几个年轻人点菜：“得了什么喜事，要这样破费？”

小胖子笑嘻嘻地说：“俺们今天开工资了，每人领了三千多呢，够意思吧，开开荤。”

梁嫂故意挤了一下眼：“港企的收入就是高啊，馋死俺了。好吧，我给你们拿五粮液。”

小胖子拿起菜单要菜：“一盘蚂蚁上树，再来一盘大闸蟹，红烧黄花鱼……”他说一样，梁嫂记一样，一会儿就要了八个菜。

老人开口了：“年轻人，要那么多菜一次吃不完不浪费了？”

瘦子转脸对老人说：“浪费就浪费，也没浪费你家的，操什么心！”

老人摇摇头："这可不好，你有多少钱去浪费呀。"

小胖子从兜里掏出一沓人民币，往头顶一举："多着呢，三千多块！"

瘦子和另外两个年轻人，也掏出钱，学着小胖子的样子，举过头顶让老人看他们手中的钱。

老人摇了摇头。

小胖子说："我们是港资企业，听说老板有一百多个亿呢，厉害吧？"

说话时，老人的饭端了出来，他仍是用筷子仔细地往上一挑，挑起一根面条，然后送进嘴里，慢慢地品嚼着。

小胖子看他的样子，不屑地瞥了一眼。

不一会儿，小胖子点的菜也端了上来，几个人打开酒，开始吆喝起来。

老人皱了下眉头，加快了吃饭的速度，然后喊梁嫂结账。

梁嫂有点儿吃惊，接过钱后说："你喝点儿水吧，不用着急。"

老人说："今天有事情做。"说完，就起身走了出去。

梁嫂看老人走远了，转身对喝酒的小年轻们说："你知道那老人是谁吗？"

大家都说不知道。

"告诉你们吧，他就是你们的老板于先生。人家才是有钱人哩！"

小胖子不信："你咋知道他是于老板？"

梁嫂说："他几乎天天在这儿吃我做的阳春面，我能不知道？"

瘦子一听，忙追了出去，看见老人真的走进了厂区，保安还给他敬了个礼。

画太阳

下午下课的时候，一年级（6）班的田老师给孩子们布置了一道家庭作业：每个同学回家画一幅太阳画，看谁画得最好，明天早上交到课堂上。

花花回到家，一吃过晚饭，就找来画纸认真地画起来。灯光下，花花天真的眼睛直盯着那张画纸，彩笔在半空中悬了好久，才在那张洁白的纸上画了一个很不规则的圆圈。花花很得意，左看右看之后，用红笔在圆圈里涂实，这下真的像个太阳了。花花想，太阳应该放射着光芒，于是就在涂了红的圆圈周围画了一圈短线，那些短线虽然不太精致，可远远看起来果然像太阳在发光了。画完这些，花花又想，光画太阳有点儿太单调了些，还应该画上一棵树或什么的，可是，她不会画树，就用绿色的彩笔，在白纸的下方空位上由下往上画了一阵：那是一片小草，在太阳的照射下，小草生长着……

妈妈收拾完了家务，看花花在台灯下一会儿画两笔，一会儿又噙着彩笔在想什么，很好奇，就走了过去。一看，才知道她在画纸上作画，眉头一皱："花花，你画的是什么呀？"这时候，花花已经画完了太阳，轻轻地松了一口气，充满稚气地抬头看着妈妈，回答道："我画了个好大好大的太阳，是老师让我们画的，明天早上要交到课堂上。"

妈妈拿起花花的画，看了半天，摇了摇头，说："画得太粗糙啦，花花，不像。看妈妈给你画一个，你明天交给老师行了。"

妈妈另拿了一张画纸，稍加思索后，找了一个茶杯，把口朝下，用笔在茶杯的周围一描，就出现了一个十分规则的圆圈。妈妈拿起黄色的彩笔在圆圈里边涂边说："太阳是金黄色的，应该用黄笔来涂，你刚才涂的是红色的，不对。"涂完了，又找来一个稍大点儿的杯子，套在圆圈外，用铅笔轻轻描了一个圆圈，之后在那个圆圈身上用黄笔画了一些实线或虚线，有长有短，看起来，就像真的太阳一样。

花花一直在认真地看着妈妈画太阳，等她画完了，就说："妈妈，下边应该画棵树，可是我不会画，就画了些小草。"妈妈笑笑说："你看妈妈给你画树吧。"说完，就在下面"唰唰唰"地画了几笔，一棵浓绿的树就出现在太阳下面，花花高兴地笑了起来，妈妈也笑了。

第二天早上，花花早早地来到班里，把妈妈画的画交给了田老师。田老师微笑着接过了画，说："花花画得真好！"花花还想说什么，可别的同学已经挤到她前面交画了，只好退回到座位上去。花花看别的同学画的太阳，也和她画的一样，歪歪扭扭的，就禁不住从书包里又拿出她自己亲手画的那幅太阳画来。花花看了半天，突然又站起来，快步跑到了讲台前，把画双手递给老师说："田老师，我还有一幅画，也交了吧。"田老师接过画，看了看，高兴地笑着说："花花可真聪明呀，画了两幅画，好的，老师全收起来，下午就给你们打分。"花花听了，脸红红的，扭身跑回座位上了。

下午上第二节课时，田老师笑呵呵地拿出了孩子们画的画，然后发给大家。花花的两幅画都拿了回来，她看见，自己画的画得了一百分，可妈妈的画才得了七十分。花花想问老师为什么，可她怕班上的同学们笑话她，就把画藏在了书包里。

花花回到家，妈妈问她："妈妈画的画交给老师了吗？"花花没有吭声，默默地从书包里抽出画，递给妈妈。妈妈一看，生气地说："怎么，我画得这么好才得七十分，你画得那么丑还得了一百分，你老师是不是有毛病呀？"花花摇摇头，她不知道该怎样回答。花花知道，妈妈画的太阳确实好，也许是老师改错了。

这件事很快就被花花淡忘了，花花每天很认真地学习，每门功课都非常好。

期中考试的时候，花花得了双百分。开家长会那天，花花受到了田老师的表扬。花花妈听了，心里甜滋滋的。末了，田老师问大家有什么问题可以提一提，花花妈就拿出了那两幅太阳画，问田老师："田老师，这个画你是不是改错了？"

田老师看了看，笑了起来。她说："我就知道那个很好的画是你们大人画的，因为它没有孩子般的童心。孩子的画，是孩子观察生活的结果，画得虽然粗糙，可那种童心是很可爱的，也很可贵的。花花的画理应得满分。"

在场的家长们听后，都鼓起了掌……

恋爱方案

戴尔是一家大型企业科研机构的技术员，这几年他忙于钻研业务，误了谈情说爱的最佳时机，以至于到了三十岁还是独身一人。朋友都劝他说，快找一个吧，不然以后越来越不好办了。戴尔总是挠挠头做无奈状——他是个逻辑思维太强的人，在科学的海洋上可以自由地航行，却在爱情的天空中不知所措。一个与他要好的同事，悄悄告诉他："平时要留意周围的女孩子，看中哪一个我帮你设计一下，然后去追她。"

戴尔所在的企业很大，有上万人。上万人的企业当然美女也很多，只是平时他不留意罢了。那个同事一说提醒了戴尔，可不是嘛，最近一段时间，一个容貌和气质俱佳的女孩子就引起了他的注意，几次想与人家套近乎，迫于没有理由不敢上前。戴尔几经打听，那女孩叫怡，是一家分公司的销售员，她每周二下午四点半会准时从总公司的大门口经过，而且常常单独一人。戴尔在摸准了怡的行动规律后，给同事说了。

同事说："这事包在我身上了，别忘了我们可是飞机部件的设计者，顺便设计一下爱情不是小菜一碟吗？"

戴尔非常感激："老兄如果给我设计成功了，我一定好好感谢你。"

同事做不屑状："等着瞧吧，这个叫怡的美女一个月以后就是你的了。"

一周之后，戴尔拿到了同事给他设计好的爱情方案，看了之后果然耳目一新——

七月十一日（周二）下午四点半，怡出公司大门，戴尔做偶然碰见状，上前问怡："你好，请问你也是本公司的员工吗？"得到的答复："是的。"戴尔："很高兴认识你，我叫戴尔，是技术分部的设计员。"怡会点头微笑或默认，戴尔继续："请问你在哪个部门上班，噢，一定是销售部了，因为这时候只有销售部可以下班，别的部门六点半才下班呢。"怡会回答："不愧是搞科技的，说得非常准确，我是销售部的。"这时，两人同行近一百米，戴尔热情地跟怡说再见。

七月十八日下午四点半，戴尔看到怡走出公司大门，上前问好："你好，真巧我们又见面了，还记得我吗？"怡点点头。戴尔："能问你叫什么名字吗？不方便回答就不勉强了。"怡会犹豫片刻然后回答："我叫怡。"戴尔："谢谢，你也住在家属区吗？”怡再次点头。戴尔将名片递给怡，索要怡的电话：“以后可以跟你联系吗？”怡会再犹豫片刻点头，将电话号码告诉戴尔。两人同行近两百米，戴尔热情地跟怡说再见。

七月二十一日（周五），戴尔给怡发一条短信：“我是戴尔，今天是周五，可否请你吃顿饭？”怡回短信：“你好，对不起，我晚上有事。”戴尔：“没关系，下次有机会吧。”假如怡的短信是：“好啊，谢谢你能请我。”戴尔到金帝咖啡城订餐，约好六点半在门口等怡。这一次，要表露对怡的关注，并说明自己的单身，希望与怡交朋友。如果怡没有拒绝，戴尔可邀请她饭后去唱歌，有什么话尽管说。

七月二十五日下午四点半，如果怡在周五没有答应吃饭，戴尔这时候在公司门口直接口头邀请，之后按上周五的方案进行；如果上周五的程序已经完成，那么今天要继续往下发展。戴尔：“那天玩得开心吗？”怡：“是的，很开心。”戴尔：“反正我是单身，今天下班后也没有事，晚上我们还去吃饭唱歌好吗？”怡答应。两人吃饭唱歌中进一步了解，戴尔将近年来的工作成就慢慢道给怡，并注意观察她的表情，如果感兴趣，这事就差不多成了。

七月二十八日（周五），戴尔打电话约怡吃饭，两人加深感情，并倾吐爱慕之心（注意，这次见面，戴尔可以送一束玫瑰花给怡）。之后，就水到渠成了。

戴尔阅读了这个方案后，觉得真是天衣无缝，他高兴得心咚咚乱跳，遂将方案的第一步背了个滚瓜烂熟，等着周二下午四点半与怡见面。

七月十一日，在戴尔的盼望中来到了。下午四点半，戴尔果然看见怡从公司往外走，就跟在后面。到了门外，他上前问："你好，请问你也是本公司的员工吗？"怡愣了一下："是的。"戴尔："很高兴认识你，我叫戴尔，是技术分部的设计员。"怡点头微笑，戴尔说："请问你在哪个部门上班，噢，一定是销售部了，因为这时候只有销售部可以下班，别的部门六点半才下班呢。"怡回答："我是销售部的。"戴尔看看到了规定的路段，热情地跟怡道别。

回到家，戴尔非常兴奋，他给同事打电话，同事鼓励他，要他再接再厉，往下发展。

七月十八日下午四点半，戴尔看到怡出了公司大门，上前问："你好，真巧我们又见面了。"怡正要跟戴尔说话，一辆摩托车开到他们跟前，骑车的人对怡说："上车吧。"戴尔问怡："他是谁？"怡说："我老公，他来接我了，再见！"话音未落，跨上摩托车，溜走了。

戴尔愣愣地站在原地，看着怡的身影由大变小，然后消失。

你们别误会

快下班时，有朋友打电话约一起吃饭，我犹豫片刻，答应了。收拾了一下办公桌，正要走时来了个送稿子的女人。跟这女人在会议上见过两次面，她是为单位宣传而来的，并说要请我吃饭。我说："不用这样客气，你把稿子放这儿，明天我处理一下就行了。"女人坚持要请，我没办法只好说有朋友已经约好，现在正要走呢。女人说："我买单，一块去。"之后，任我怎么回绝，她依然是那句话。我只好说："那一路去吧，买单的事不麻烦你了。"

到了餐馆，朋友们已经在那儿等着，见我们到来，热情地迎入座位。三杯酒下肚，场上的气氛活跃起来了。邻座的大姐敬酒时，不住拿眼睛瞟我身旁的女人，并附在我耳边悄声说："兄弟，你艳福不浅呀，啥时候认识的？"我脸一红："大姐，别误会。”可后面的话说不清，只好尴尬地笑了笑。

喝酒聊天，之后我上卫生间，电视台的同行追了出来，在我肩膀上拍了拍：“哥，以前老觉得你这人挺保守的，现在可以了呀，这个女的挺漂亮的，介绍一下，你们是……”我踢了他一脚：“少往歪处想，人家今天送稿子，要请我吃饭，我不同意就跟来了。”他摇摇头：“骗鬼吧，谁信！”

我们重新回到座位上时，大家正说得热闹，一听，原来有人与女人开玩笑:“我说妹子，你眼光不差，他可是最优秀的男人。”

女人看了我一眼，做羞涩状，夹了一口菜，慢慢地嚼着。

突然，又有人站起来，端着一杯酒说:“我和你两个喝一杯，祝你们友谊百年，白头到老！”

女人坐着不动，我纠正说:“酒喝了，话不对，我再介绍一遍，这位女士是……”

话没说完又被截住了：“哎呀，介绍什么呀，这叫此地无银三百两，越描越黑了。”

“这年头，谁没有两个相好的，甭管谁是哪个单位的，来来来，你们两个也不要遮遮掩掩的了，都是自家朋友。”

“一会儿吃完饭，哥们儿给你开间房，创造个好的环境，该玩就玩。”

……

我有点儿哭笑不得，后悔答应这个女人跟着一起吃饭了。我说：“哥们儿，你们的想象力都很丰富，就今天的事完全可以编个小说了。但是告诉你们，误会会害死人的，知道吗？”

有人不屑地说：“这不是编小说，是眼见为实，你这人真虚伪，装什么装啊。”

这时候，我看女人的脸一会儿红一会儿白，霍地站起来说：“没想到你们这么庸俗，把人看成什么了。我喝一杯先走了！”说完，自个儿倒了满满的一杯酒喝了下去，把门一甩，离开了。

大家你看看我，我看看你，都傻眼了。身边的大姐疑惑地问我：“你，你们真的不是那个关系？”

我说：“你们让我说什么才相信呢？”

有人又摇了摇头：“你们在演戏让我们看，装君子。”

我听不下去了，无须再给他们解释什么，也站起来喝了一杯酒甩袖而去。

走到门外，还听见有人说:“看看吧，他们两个配合得多好，不是相好才怪哩！”

还欠款

一大早，刘二敲响了王发的门，说："发哥，我来向你借钱的，能不能周济我一点儿？"刘二是王发在棉纺厂时的工友，虽然平时自私一些，可王发是个不爱惹人的人，相处得还算不错，只是下岗好多年了，相互间不常来往，也不知道刘二现在干些啥营生。王发就问他："要做什么营生了？"刘二眉头皱了一下，说："前几天刚申请了一个洗车的项目，投资也不大，只需三万块就行了，可我凑了几天只弄到一万块，还差两万，这就找你来了。"

王发没有拒绝，从内屋拿出两万块现金递给刘二："工友一场感情还是有的，我虽然不是大款，可两万块还拿得出来，你拿去用吧。"刘二接过钱，感激涕零地说："发哥，你可帮了我大忙，等兄弟赚到钱马上还你。"王发摆了下手："不急不急，营生要紧，我又不向你要利息。不过，咱们是生意人，你得给我立个字据。”说完，拿了纸笔递给刘二。刘二连忙接过，写下“今借王发人民币两万元整”，署了名字和日期后千恩万谢地告辞了。

一个月后，刘二又来找王发，递给他三千块钱说：“发哥，第一个月生意还不错，赚了四千多块，先给你还上三千块，余下的往后放放。”王发嗔怪说：“看看你，这么急干啥，等你发财了一齐还不行吗？”刘二客气地说：“我这个人欠不得债，还一点儿少一点儿心里没压力，你还是接住吧。”王发只好接了钱，拿出那张借据开玩笑说：“你在上面批上字，要不我会讹你的。”刘二接过来，在背面写上“还欠款三千元整”，注上日期又交给了王发。

又过了一个月，刘二又拿来三千块现金交给王发，说：“发哥，这下钱还清了，你把借据给我吧。”王发一愣：“还差我一万七千块哩，你拿这三千块咋能清账？”刘二指着借据背面的字说：“还欠款三千元整，我把这三千块给你了不是还清了吗？”王发说：“你上次还我欠款三千块，应该还欠我一万七千块，怎么成了只欠我三千了？”两人就为这个字据纠缠起来，越说越糊涂，最后王发就撕破了脸皮，把刘二起诉到了区法院。

法院立案调查，两人各执一词，也没有旁证，唯一的证据就是这张有争议的欠条。法官老吴审了一下午，也没弄出个子丑寅卯，只好休庭待审。

老吴年近五旬，办事极其认真。他知道，这张借据的焦点在一个“还”字上，如果用“huan”音来理解，自然是先还了三千元，剩一万七千元没还；如果以“hai”音来理解，就完全变了样，真是一音之差黑白颠倒啊！吴法官决心查个水落石出，他带上书记员小陈一起来到王发的杂货铺，了解了王发的为人和他的收入情况；然后又来到刘二的洗车店，了解他的营业情况。吴法官拿个小马扎坐在洗车店外的杨树下，认真地看着他们清洗每一辆车，一个小时后又到附近了解了一下其他情况就离开了。

第二次庭审开始了，吴法官问王发：“刘二第一次还你钱时怎么说的？”王发照实回答：“他说他第一个月生意不错赚了四千多块，先给我还上三千块，余下的往后放放。”吴法官又问刘二：“你说过这话吗？”刘二含糊其词：“不记得了。”吴法官问：“刘二，你一天洗车几个小时？”刘二回答：“十个小时。”吴法官再问：“一小时洗几辆车？”刘二回答：“四五辆吧。”吴法官说：“我专门做了调查，你们三个服务员不停地洗车，一小时洗三辆，你的洗车店在市宾馆楼下，宾馆要求早上九点供水，下午六点停水，一天供水九小时，可洗二十七辆车，一辆车标价十块，一个月八千一百块，交了管理费、水电费和服务员的工资，你第一个月余四千多块是可信的。你第一次还钱时只营业了一个月，无能力先还王发一万七千块，所以你还欠王发一万七千块！”

账算到这个份上，是刘二意想不到的，他自知理亏，慢慢地低下了头。王发胜诉了。

判决之后，吴法官语重心长地说：“经济社会里，有些人利欲熏心，不讲道德，在经济交往中常常利用似是而非的东西糊弄人，一不小心就会上当。就像此案，刘二利用‘还’字的一字两音故意强词夺理赖欠账，这样做不但不道德，而且还是一种违法行为！”

王发听后，深深地点了点头，看了一眼尴尬中的刘二，走出了法庭。

冬　夜

从省城出差回来，坐了八个小时的火车，下车已近午夜。出了站看看已没有了公共汽车，我便招手叫了一辆黄面的。面的司机是一个彪形大汉，脸上长着络腮胡子，说话也瓮声瓮气的，一上车就问："到哪里？"

"化工厂家属院。"我点了支烟，漫不经心地说。

车出了站一拐弯上了红旗大道。窗外一排排高楼从眼前闪过，我盘算着再有十分钟就可见到妻子女儿了，心中不免有一种轻松感，悠然地弹了一下烟灰。不料我的手刚向窗外伸去，司机就来了一个急刹车。

我一回神，问："怎么回事？"

他没有理我，而是将车窗玻璃一摇，探出头问："咋回事？"

马路上一个年轻人搀着一个老头，说："刚才一辆卡车撞了人，跑了，怕是骨折了。帮帮忙把我们送到市中医院。”

路灯下，老人面色惨白，不住地呻吟着。

“上车！”大胡子司机毫不犹豫地打开了车门。

我一看这阵势，立即制止：“哎，哎，这可是我要的车，怎么能乱拉人呢？！”

大胡子眼睛一瞪：“不想坐你下去！”

看看路上车辆稀少，又是寒冷的冬夜，下去要是半天拦不到车更倒霉。心想这家伙无非是想一次赚两个人的钱，在这寒冷的冬夜里多做笔生意也不是大惊小怪的事。于是我嘴里嘟囔了一声，不再说话了。

年轻人费力地将受伤的老头弄到了车上，车才又开了。大胡子突然又说：“中医院不行，应该上黄河医院。”

那青年说：“中医院近，先看看再说吧。”

大胡子说：“我说不行就不行，他要是骨折了，黄河医院有正骨专家，一次到位不会费事。”

我心里有点儿好笑，这家伙，想多赚几块钱路费也不明说，拉着人家跑远路。前几天在省城就听到过这样的事，本来只有两站路的距离，面的司机却拉着外地客人转了七八站路，最后要了人家三倍的钱。这会儿这老兄也玩起了这把戏。

汽车在红旗大道上继续行驶着，不时传出受伤老头的呻吟声。

车到了黄河医院，大胡子司机打开车门，年轻人搀着老头下了车，灯光下老人的棉裤滴着血。大胡子见此情景，对我说:“你也下来，帮忙抬人。”我心想，你拉着人家拐了那么大的弯不说，现在还想扯上我再赚几个抬人的钱，真不是东西！于是慢吞吞地下了车，极不情愿地与大胡子一起抬着老头往急诊室里走去。

挂号，诊断，一切就绪，大胡子喊那年轻人。我一看，果然要向年轻人讨钱，便厌恶地走过去准备帮年轻人说几句公道话。大胡子问:“带钱没有？”年轻人掏了掏衣袋:“带着，不多。”然后拿出二十元给大胡子。我刚要上前说话，却见大胡子拿眼一瞪:“收起来，我是问够不够给老人看伤。”年轻人抖动着手，说：“大哥，谢谢你了，我马上给老家打电话……”

大胡子扭头对我说：“我们走吧。”

不知怎么的，我一句话也说不出来，竟跟着他又上了车。一路上，我想问他姓啥叫啥，但看到他对我不屑一顾的表情，始终没有说出口。

车到家门口时，已没有一个人。我下得车来，掏出十元钱递给他，说：“不用找了。”

他没有接钱，说：“今天耽误你回家了，这车费就免了。”

我使劲往他手里塞：“哪能呢，该怎么就怎么嘛。”

他又是一瞪眼：“我说免了就免了！”然后一踩油门，出了家属院。

我愣愣地站在那里，呆呆地望着远去的面的，心里涌出一股温暖。

花果山之梦

建良是高中毕业那年看了长篇小说《西游记》之后萌生了建一座花果山的念头的。那时候建良很有激情，决心把村子里的面貌改变一下，于是就在那年，建良毛遂自荐当上了生产队队长。

建良的想法很正确，这个黄河岸边的村子里，百分之九十的是山坡，只有一点点的田地。建良想，这么多的山坡荒着实在可惜，孙悟空的花果山多么迷人呀，如果把这些山坡改造一下，都栽上果树，将来满山满坡的各类果子挂满枝头，该是多美呀。建良想到这些，就召开了队委会，把自己描绘的宏伟蓝图向大家和盘托出，大家都很赞同建良的想法。建良就开始布置说："村里共有大小十三座山，一年栽满一座山，十三年就完成了，那时候村里就成了花果山了，我们比孙悟空还要幸福哩。"

这年冬天，建良组织第一批劳力上山挖树坑，头一天三十八个劳力，第二天就成了二十三个，第三天只剩下八个队委了。建良有点儿恼火，又回村里挨家叫人，有人却说起了风凉话："当队长不领着大家种好地，到山上去折腾，真是有力没处使了。"建良一听，头就"嗡"地响了一下，然后咬咬牙去喊人，后来，人倒是喊来了一大群，但到了山上都磨蹭着，半天挖一个坑，这样干了一个冬天，只挖了半拉子山坡。

第二年冬天，建良仍然组织大家上山接着挖树坑，上了山大家还是老样儿，东一镢头西一锤子的，干了一冬又弄成了一片狼藉。大队支书就把建良叫了去，说："现在的形势是农业学大寨，要改河造地，你却把人带到山坡上折腾，弄了两冬什么也不成可不行呀。"建良就把自己的想法说了，支书拍拍他的肩膀说："娃还嫩哩。"建良就不服气，说："我干的是造福子孙后代的事，你应该支持我！"支书拗不过他，只好说："再让你干一冬，弄不成就快给我收兵！"

第三年冬天，造花果山的事又一次掀起了高潮。这次全村男女老少都拉上了山，果然成效大增，一冬下来，不但完成了第一座山的挖坑任务，还把前两年挖下的树坑都栽上了苹果树。全村人是望着那满坡齐整整的幼苗而返的，大家都很兴奋，说再过三五年，这个山岗上就会硕果累累了。

然而天有不测风云。这年春天，幼苗刚长上嫩叶，就被一群羊啃了个精光。建良气得暴跳如雷，把放羊的山娃子叫去狠骂了一通，又扣他三百个工分。但骂归骂，扣归扣，树苗没了，只能等来年冬春才能补上了。建良独自站在山上，望着全是半截的树苗满脸是泪，末了又躺在山坡上想着心思……

后来形势的变化让建良措手不及，这年秋后，大队召开了一次群众大会，贯彻了中央农村工作会议精神，按照这一精神，实行土地大包干。一月之内，那些田地和山坡全部分给了个人。

建良的梦还没有破灭。他想，地和山坡都分了，让大家一起上山栽树不现实了，不如自个儿干。这年冬天，建良喊上媳妇上了责任山，他们在山上猛干了一冬，挖了一千三百个树坑，春上到镇上买了苹果树苗栽上。他一天上山照看一次，那树苗就在他的呵护下慢慢地长了起来。

后来，建良干脆把责任田扔给了媳妇，在山上搭了个棚子住在那里，锄草施肥剪枝间花，一样样地干。不出三年，果然结了满树的苹果，建良就让媳妇上山帮忙收果，两口子一人摘一人往家里担，整整收了半个月。出手后一盘算，竟赚了三万多！

建良发财了，这消息可是长了翅膀，一天不到的时间，村里的大人小孩都知道了。建良就把留下的果子分给大家尝，大家尝着尝着一个一个都默默地离开了。建良有点儿纳闷，可也没法问。

又到了冬天，村里的人呼啦一下都上了山，没有怨言没有吵闹，只有一阵阵开山挖土的响声。有人还请建良当参谋，建良也都来者不拒，他说：“我喜欢给你们当参谋。”

一晃又是几年，现在那些山早被果树覆盖了，每到秋天，山上果儿飘香，笑声朗朗，真成了《西游记》中的花果山了。

一天，收完苹果，建良和几个人闲聊，建良感叹说："那些年我的梦想就是现在这样，可怎么组织也不成气候，后来没有一个人号召却……"

有人不等他说完就接上了："那时候是大集体，你描绘得再美没人相信，后来你自己干成了事实，大家才知道，知道了还用号召吗？"

建良若有所悟地"哦"了一声。

铲广告

人生在世，没有劳动就没有收获。这些年，一些劳动在土地上的农民觉得累了，就进了城。他们在建筑工地搬砖运沙，在道路上夯土铺油，虽然辛苦倒也能赚些血汗钱。还有一些人，实在不想出大力，就当起了“破烂王”，沿街收买废旧物品，分拣后再卖给回收公司，赚些差价，也算不错。

对于这些，来成一样也没有捞到，工地干活怕出力，沿街收破烂嫌麻烦，又不想回到山里种田，在城里足足住了大半年也没有找个合适的活儿。有一天，在街道办上班的表侄女小慧突然找到他，说：“表叔，有个活儿你干不干？”来成问：“啥活儿？”小慧说：“我们街道管辖的地方，每天都有小广告，上级要求铲除它，可没有闲人。你要是把这活儿做了，铲一张一角钱，一天铲上七八百张，挣个七八十块没问题。”来成一听，两眼生辉："干！"

不干啥不知道啥，来成上街一观察，这街道的墙壁、电线杆、单位的护栏、树干、公交车站牌上都贴着巴掌大的小广告，横七竖八的，像狗皮膏药，确实影响市容。看这些内容，有修空调电脑的，有搬运的，有征婚的，有租房、售房的，还有治各种疑难杂症的……应有尽有。来成开始从行政街头铲除，怎奈这些小广告刷得结实，撕不下来也揭不掉。还是一个收破烂的老哥给他出了个点子：找个小水桶，弄个刷子蘸上水先把广告纸闷湿，然后慢慢揭就下来了。来成照办了，很奏效，当天揭下来六百多张，得了六十多元。

这活儿干着不累，多少也来钱，来成觉得表侄女小慧给的这个差使不错。几天后，他铲广告的技术就娴熟了，每天居然可以铲到上千张，收入也大大提高。

行政街是市里的主干道，流动人口多，自然广告效应就好。来成白天铲广告，人家晚上贴广告，虽然赶不上铲的快，倒也有干不完的活儿。来成的工作基本上就固定了下来，成了街道办专门铲街头小广告的协议工，每月另外还有八百元的基本生活补贴。来成对这样的工作很满意，常常夸小慧的好。

毕竟有了一个专业铲除小广告的工作，街道上的小广告贴得再快，也赶不上来成铲得快，加上他们又是夜里偷着贴的，怕人看见，渐渐地，行政街上的小广告就少了。来成得到了街道办领导的表扬，可他的收入却直线下降。

临近元旦节，上级通知省里要对市里进行卫生城市验收，在这节骨眼儿上，行政街的小广告却忽然多了起来。街道办专门召开会议，果断要求节前消灭不法广告，干干净净地迎接上级检查。

街道办主抓卫生工作的小慧急了，下决心从源头上治理非法小广告的张贴活动。她嘱咐来成抓紧清理，又到市巡警队了解情况。巡警们告诉她，夜里贴广告的都是那些被小公司、小作坊雇用的人干的，他们贴一张一角钱，有了利益，就深更半夜偷着贴。小慧传达了街道办领导的指示，让他们最近留意着，抓个典型，制止一下行政街乱贴广告的非法活动。

当天夜里，巡警队就打电话给小慧，告诉她抓到了一个偷贴小广告的人，正要报批治安拘留。小慧不敢怠慢，赶紧爬起来到巡警队，她要看看到底是什么人在乱贴广告。到了巡警队，一进门就愣住了，那个乱贴广告的竟然是表叔来成……

三表叔

院外的狗叫了两声，妈说："你爹回来了。"果然片刻工夫，爹的脚就迈进了家门。爹是去乡上打听县工会下来调查困难学生贷款的事的，爹说他去给我报名，看能不能拿到这笔三千元的助学扶贫贷款。

从爹无奈的表情上看，这事八成没有办成。母亲问："是咱不够条件吗？"爹抽了一口烟，蹲在地上声音很低地说："咱去晚了，县里给全乡十二个指标都有主儿了。"妈叹了口气，去给爹收拾晚饭，边走边说："咱娃儿没运气。"

第二天早上，爹早早地把我拉起来，说："二狗，咱们进城。"我揉着惺忪的眼睛问他："进城找谁？"爹说："你有个三表叔在县里当局长，他兴许跟县工会的人认识，让他给咱说说。"爹找来一个编织袋，把夏天收回来的土豆挑圆的个大的装了多半袋，又到厨房取了两串大蒜装到袋里，用麻绳扎紧扛着去坐公共汽车。

我和爹下了车，一路打听着往表叔的单位里赶。好久没有下雨了，太阳火辣辣地烤人，爹扛着重重的袋子不住地用袖子擦汗。我让他把袋子放到树下歇一会儿，可爹说出门在外要赶时间，弄不好表叔中午下班了就找不到他了。

我们终于找到了三表叔办公的地方，这是一家盖着漂亮楼房的单位，悬挂着“欢度五一”横幅的大门口坐着两名保安，一见我和爹就拦住问：“你们找谁？”爹放下袋子，喘了口气：“找贺有功，贺局长。”保安打量了一下爹，又问:“你是哪儿的，在这儿登记一下，和贺局长约好了吗？”爹在本子上边写边说：“俺是他舅家表哥，找他说点事。”保安拿起电话拨了:“贺局长，你有个舅家表哥来找你，见不见？”保安说完，听了一会儿说：“好，我知道了。”保安放下电话对我们说：“贺局长不在单位，你们回去吧。”

爹的脸立刻抽搐了一下，问：“他没说去哪儿了吗？”保安两手一摊：“我怎么知道，人家是领导，事多。”爹就要拿那个电话：“让我给他说几句话好吗？”保安说：“这是内部电话，不能打。”爹掏出一张皱巴巴的纸，上面有三表叔的号码，保安指着外面的电话亭说：“你去那儿拨吧。”我和爹只好退了出来，去给三表叔拨电话，可电话通着，就是没人接。我们一连拨了五次都这样，老板娘不耐烦了，说：“没人接你老拨干啥？”我们只好又走到门口，爹对保安说：“我在这儿等他一会儿，下午他肯定要来上班。”

保安说：“这儿有规定，大门口不准坐人，你要等到外面等吧。”我和爹就把编织袋搬到门外的树下，坐在袋子上静静地等着三表叔。

爹坐在那儿目不转睛地盯着每一个进出大门的人，一直到下午上班，也没见三表叔的影子。我问爹：“三表叔长得什么样子？”爹说:“他呀，长得胖胖的、白白的，肚子挺着可气派了，他去咱们家的时候你还小着。”我很饿，也很渴，看着有人从电话亭里买来矿泉水喝就直咂嘴。爹站起来摸摸衣兜，拿出一块钱到马路对面买了一个烤红薯，掰开与我分着吃了，我们继续等。

眼看日头偏西，还是没有等着三表叔，爹有点儿焦急，又去问保安，看三表叔什么时候回来，回答说不知道。爹无奈地又坐了下来。

这时候，一辆又黑又亮的小车从外面开过来在门口停下，保安上前问找谁，车上下来个胖子说：“找你们贺局长。”保安就拿起电话:“喂，贺局长，有人找你，见不见？”保安说完，听着电话，然后把电话交给胖子，胖子说:“老贺，晚上弄两杯？”

我和爹听得明白，爹站起身又往门口走，胖子却钻进车里进了院。保安拦住爹：“贺局长下午没上班，你回去吧。”爹指着开进去的小车说：“他们不是也找贺局长吗？应该在呀。”保安说:“不是一个人，我们单位有两个贺局长。”爹叹了一口气，退了出来。

到下班的时间了，院里的人有的步行、有的骑摩托车都出来了，突然，那辆黑色小车开了出来，爹模模糊糊地看见车后面坐着人，说：“你三表叔！”就赶紧跑过去喊道：“三意！”车里那张胖乎乎的脸扭向了一边，露给我们一个后脑勺，车开走了。

爹的脸立刻又抽搐了一下，愣愣地盯着脚下的编织袋，嘴唇抖动着，却说不出一句话……